그곳에는 조금 다르게 행복한 사람들이 있다

오풍연 장편(掌篇)에세이

그곳에는 조금 다르게 행복한 사람들이 있다

초판 1쇄 인쇄 2014년 1월 16일
초판 1쇄 발행 2014년 1월 28일

지은이 오풍연
펴낸이 전익균

출판 · 교육부문대표 남상용
편집장 이호영
디자인 Anthony. Lee
편집 기획 신희진
마케팅 조동호
사진 김연수
유통문의 새빛북스 전화 02)2203-1996 팩스 02)417-2622

제작대행 (주)체인지컬러

펴낸곳 에이원북스
주소 서울시 중구 쌍림동 151-11번지 쌍림빌딩 6층 602호
전화 02)2273-1013 팩스 02)2266-7705
이메일 svedu@daum.net 홈페이지 www.bookclass.co.kr
등록번호 제301-2013-038호 등록일자 2013. 2. 12

값 13,000원

ISBN 978-89-92873-81-9 (03810)

그곳에는 조금 다르게 행복한 사람들이 있다

오풍연 지음

에이원북스

들어가며

글쓰기는 곧 나의 삶이다

어찌하다가 '작가'라는 소리도 듣게 됐다. 이번이 일곱 번째 에세이집이다. 현직 기자 신분으로 과분한 대접을 받는다고 할까. 원고를 채택해준 여러 출판사 측에 고마움을 전하지 않을 수 없다. 작가를 지망하는 사람들은 무척 많다. 하지만 기회가 쉽사리 찾아오지 않는다. 무엇보다 출판 시장이 어렵기 때문이다. 그렇다면 나는 복이 많은 사람이다.

나의 본격적인 글쓰기는 5년 전부터다. 그 전까지는 신문 사설이나 칼럼을 쓰는 것으로 만족했다. 사실 작가는 꿈도 꾸지 않았다. 서울신문 법조大기자로 있다가 펜을 빼앗겼다. 새로운 경영진이 나를 업무 쪽으로 배치한 것이다. 그런데 그게 전화위복이 됐다. 오히려 글을 써야 된다는 욕구가 더 생겼다. 그 돌파구는 '자랑스런 공군가족 모임' 카페였다.

2009년 4월 아들을 공군에 보내놓고 그 카페에 글을 올리기 시작했다.

하루도 빠지지 않았던 것 같다. 원고를 모아 한 출판사에 보냈더니 연락이 와서 첫 에세이집을 내게 됐다. 첫 번째 에세이집인 『남자의 속마음』이다. 녀석이 군을 제대할 때까지 글쓰기는 계속됐다. 놈의 제대 기념으로 출간한 게 네 번째 에세이집인 『사람풍경 세상풍경』이다.

지금도 그렇지만 매일 새벽 2시 30분에서 3시 사이면 일어난다. 요즘은 페이스북에 글을 올린다. 하루에 한두 개 정도 썼다. 이번 에세이집도 페이스북에 올렸던 글을 모은 것이다. 페친들에게 고마움을 전한다. 그들의 격려가 없었더라면 원고를 쓰다가 중단했을지도 모른다. '좋아요'를 누르거나, 댓글로 성원을 보내줬다. 사실 독자가 없는 글은 아무런 의미가 없다. 독자는 작가에게 꿀과 같은 존재다.

내 글은 원고지 3.2장 분량으로 아주 짧다. 그래서 '손바닥 장(掌) 자'를 쓰는 '掌篇에세이'라고 한다. 물론 내가 붙인 이름이다. 아직 우리나라에서 이런 글로 책을 낸 사람은 없는 줄로 안다. 내가 선구자라고 할까. 당분간 같은 방식으로 글을 쓸 생각이다. 현대는 속도의 시대다. 단숨에 읽어 내려가는 것도 나름대로 의미가 있다. 독자들에게 그런 재미를 줄 수 있다면 더 이상 바랄 것이 없겠다.

내 글의 소재는 사람이다. 때론 한 사람, 수백 명을 모델로 삼기도 한다. 사람 사는 곳에 얘기가 있기 때문이다. 나는 특히 사람을 좋아한다. 그래서 인연을 소중히 여긴다. 생활신조는 정직, 성실, 부지런함이다. 이를 실천하기 위해 노력한다. 글 중간 중간에 이런 내용들이 소개돼 있을 것이다.

졸고를 받아준 새빛에듀넷 전익균 대표와 신희진 편집자에게 고마움을 전한다. 항상 내 곁에서 응원해 주고 있는 아내와 아들 녀석도 든든한 우군이다. 케이디파워 박기주 의장과 에스틸 김용석 회장, 유진선 대경대 이사장에게도 감사한 마음을 전하고 싶다.

2014년 1월

오풍연

차 례

1

만남의 철학

1
택시기사와 딸

도시인의 교통수단은 지하철이 대세다. 정확히 시간을 맞출 수 있고, 시간도 많이 단축된다. 그래서 남녀노소 모든 이에게 사랑을 받는다. 가까운 거리는 택시를 곧잘 이용한다. 우리나라만큼 택시를 잡기 쉬운 나라도 없다. 어디서 불러도 온다. 큰 길, 작은 길 가리지 않고 흔한 게 택시다. 그냥 손만 들면 택시가 선다. 택시를 타면 또 다른 재미가 쏠쏠하다.

상가에 들렀다가 밤늦게 택시를 잡아탔다. 기사 분이 매우 친절했다. 이런 저런 대화 끝에 기사께 한 달 수입을 물어봤다. 150만 원이 채 안 된다고 말했다. 그분의 나이는 나와 동갑인 54세. 도저히 생활이 안 될 것 같아 부인도 벌이를 하느냐고 물었다. 3년 전에 사별했단다. 아픈 상처를 건드린 것 같아 미안하기 짝이 없었다. 고등학교 2학년짜리 딸과 단 둘이 산다고 했다. 감수성이 예민한 나이에 얼마나 마음고생이 심할까.

우리나라 기사들의 처우가 형편없다. 기사들의 처우를 올릴 만한 비방이 없을까 물었다. 현재 택시 대수를 반으로 줄이면 가능할 것이라고 진단했다. 적어도 월수입 200만 원은 돼야 하지 않겠는가. “경비 등 여러 군데를 알아봤죠. 그래도 택시 기사가 나은 편이라 운전대를 잡게 됐습니다.” 그 기사 분과 딸이 함께 웃는 날이 빨리 왔으면 좋겠다.

2
책에 인색한 이유

페친들이 건강을 염려해준 덕에 정말 실컷 잤다. 어제 저녁 8시 30분 잠자리에 들어 조금 전인 3시 30분쯤 일어났다. 일곱 시간을 잔 셈이다. 보통 하루 네 시간 정도 자는데 이변이 일어났다고 할까. 몸이 개운하다. 솔직히 어젠 좀 피곤했다. 낮에 사무실에서 졸기도 했다. 잠만 한 보약도 없는 것 같다. 잠을 못 자 고생하는 사람들이 의외로 많다. 내 아내 역시 마찬가지다.

오늘은 독자들과 2차 간담회를 한다. 2주 전 네 분이 찾아와 대화를 하고 저녁을 함께 한 적이 있다. 오후에 여의도 사무실로 다섯 분이 찾아오기로 했다. 이 중 두 분은 처음 뵙는 분들이다. 한 분은 평택에서 오신다고 했다. 이만저만한 정성이 아니다. 물론 다섯 명 모두 페친이다.

내 책 『천천히 걷는 자의 행복』에 대해 서평을 써준 신문사 문화부장 및 출판담당 기자와 점심을 했다. 특히 출판담당 기자는 책을 전부 읽고 서평을 했다고 한다. 고맙지 않을 수 없다. 가장 고마운 분은 책을 끝까지 읽어주는 분들이다. 사람들은 책을 드려도 거의 읽지 않는다. 내가 책을 건네는 데 인색한 이유다. 혹자는 책을 주지 않는다고 불평도 하지만, 그런 분들은 대체로 읽지 않는다. 그래서 꼭 읽을 분들에게만 선물하곤 한다. 이상하게도 책은 그냥 받으면 읽지 않는 습관이 있다. 내 돈 내고 사야 한 줄이라도 읽을까 말까 한다. 책 읽는 습관이 정말 아쉽다.

3

위드컬처 위경선 대표

"오 위원 팔뚝 부러지지 않게 조심해." 어제 낮 점심을 먹으러 나오기 전 주필 님이 나에게 던진 말이다. 지인이 책 100권에 사인해 달라고 했다는 말을 전해드렸다. 물론 우스갯소리로 하신 말씀일 터. 그러나 저자인 나에게는 더할 나위 없이 기쁜 일이다. 100명이 내 책을 본다니 가슴이 벅차올랐다.

그 지인은 위드컬처 이경선 대표. 올해 40세로 아주 당차다. PD 출신으로 우리나라 최고 대학을 나왔다. 바쁜 와중에 박사학위도 땄다. 신세대답게 톡톡 튄다. 한 포럼에서 우연히 그녀를 만난 이후 인연을 이어오고 있다. 언제 봐도 명랑하고 자신만만하다. 사업 수완도 좋아 40여 명의 식구들을 거느리고 있다. CEO로 대성할 게 틀림없다.

약속 시간 11시 30분보다 조금 늦게 나타났다. 여의도 지리를 잘 몰라서 헤맸단다. "국장님, 죄송해요." 웃는 낯에 늦었다고 탓할 수도 없게 만든다. 내 팔뚝을 걱정해서일까. 30권 정도만 사인해 달라고 했다. 그래서 대화 틈틈이 사인을 했다. 가장 기억에 남는 사람은 그녀의 부모님과 시어머니. 따로따로 사인해 드렸다. 어른들께서 읽어주신다면 더 없는 영광이다. 책이 나온 지 오늘로 꼭 20일 된다. 그동안 많은 변화가 있었다. 무엇보다 독자들의 격려가 가장 고맙다.

4

오늘은 또 누구와 인연이 닿을까

'10,000일의 기자 생활. 3,000개의 전화번호. 수많은 인연과 사랑하며 사는 법.' 내 책 『천천히 걷는 자의 행복』 뒷표지에 쓰여 있는 문구다. 물론 내가 쓴 글이 아니다. 출판사 측이 요약한 글이다. 기자 생활 만 27년째니까 얼추 맞는 것 같기도 하다. 날짜를 정확히 계산해보지는 않았다. 전화번호도 그만큼 입력돼 있다. 그 3,000명을 일일이 기억할 수 없는 것도 사실이다. 사람의 기억에는 한계가 있기 때문이다.

분명한 것은 내가 사람을 좋아한다는 거다. 그래서 인연을 제일 소중히 여긴다. 글의 소재 역시 사람이다. 적어도 한 명 이상이다. 대통령부터 가장 밑바닥 인생까지 등장한다. 나에게는 똑같다. 그들이 있었기에 책 여섯 권이 나올 수 있었다. 정말 고맙고, 감사하다. 책을 뒤적이다 보니 '홍보대사 군수님'이 있었다. 몇 년 전 만났던 박선규 영월군수님이 생각났다. 내친 김에 책을 보내드리려고 인터넷 주문을 했다. 주소만 있으면 문제없다. 박승춘 국가보훈처장님께도 같은 방법으로 책을 보내드렸다. 알아서 배달해준다. 참 좋은 세상이다.

오늘은 또 누구와 인연이 닿을까. 누구라도 좋다. 한 명 한 명이 소중하기 때문이다. 또 하루를 설렘과 함께 시작한다.

검은죽지솔개와 황조롱이 ⓒ김연수

5
작가와 샘물

지성이면 감천이랄까. 이번 신간 『천천히 걷는 자의 행복』에 대한 반응이 나온다. 전국 곳곳에서 연락이 온다. 메시지, 댓글, 전화, 인증샷 등 예기치 않은 선물에 고마울 뿐이다. 맨 처음 연락을 해온 분은 광주의 독자. 동네 조그만 서점에서 내 책을 발견하고 구입했단다. 1호 독자가 아닐까 싶다. 하나같이 소박한 분들이다. 지은이에게는 더할 나위없는 선물이다.

서울 청량리 성바오르 병원에 계신 의사선생님(여, 교수)도 연락을 해오셨다. 서점에서 우연히 내 책을 발견하고 읽어보았단다. 그분은 내가 고등학교를 나온 대전 출신이라고 했다. 고향 사람인 셈이다. 학번은 84학번. 나보다는 다섯 살 아래. 나의 다른 저서도 모두 주문했다니 어찌 고마움을 표하랴. 그래서 저녁을 한 번 대접하기로 했다. 다음 달 광화문에서 만날 계획이다. 한국여성변호사회를 맡고 계신 변호사님도 연락을 해오셨다. 그분 역시 대전에서 고등학교를 나오셨다. 고향이 같기에 나에게 더 끌렸는지도 모르겠다.

작가에게 독자는 뭘까. 샘물과 다를 바 없다. 샘물을 실컷 마시고 싶은 게 작가의 소망이다. 나도 그런 꿈이 이뤄질까. 바란다고 되는 것은 아니다. 운도 따라주어야 한다. 한 명의 독자가 있는 한 책은 계속 쓸 생각이다.

6
정홍규 신부님과의 대화

'영천에는 막 매화가 피려고 합니다. 반갑습니다. 우연한 것은 없다고 봅니다.' 경북 영천에서 대안학교인 산자연학교를 운영 중인 정홍규 신부님이 보내준 메시지다. 대구에서 올라오는 KTX안에서 메시지를 받았다. 신부님을 처음 만난 지 서너 시간 후다. 내 명함은 드렸지만 신부님으로부터 명함을 받지 못해 전화번호를 알 수 없던 터라 무척 반가웠다. 그래서 바로 메시지를 보냈다.

'신부님, 이제 대화할 수 있겠네요. 오늘의 인연이 계속 이어졌으면 좋겠어요. 왠지 그런 예감이 듭니다. 제 페친 중 한 분의 아는 누님이 그곳 대안학교에 계시다고 하네요. 이런 게 인연이겠죠. 감사합니다.' 처음 뵈었는데도 전혀 낯설지 않았다. 신부님은 나보다 여섯 살 위. 친형님 같은 느낌을 받았다. 얼굴에는 인자함과 자상함이 배어 있었다. 오랜 신앙생활을 한 덕이련다.

요즘 아침은 신부님과의 대화로 또 다른 즐거움을 만끽한다. 내가 먼저 전화를 걸 때도, 신부님이 전화를 거실 때도 있다. "신부님. 맑은 아침입니다. 요즘 아주 기분 좋은 생활을 하고 있습니다. 미지의 독자에게서 격려의 메시지도 받습니다. 마음씨 고운 사람들이 많아요. 그래서 세상이 살맛 나겠지요." 신부님도 일과를 알려온다. "어제는 물의 날이라 강정보 견학을 갔었습니다. 4대강의 문제이지요. 전교생 모두 마치 소풍처럼요."

7
만학도

대구 대경대학교에서 이번 학기 두 번째 강의를 했다. 출석부도 받았다. 강의 제목은 '행복한 삶'. 내가 당초 학교 측에 얘기한 제목은 '인생이란 무엇인가'였다. 담당자가 임의로 바꿔 그렇게 하기로 했다. 제목은 별 상관이 없다. 지난 학기 강의 제목은 '삶과 인생'. 이번 학기에는 딱 51명이 수강했다. 지난번에는 137명이 수강해 좀 많은 편이었다. 학생들 이름을 하나하나 부르면서 일으켜 세웠다. 얼굴도 볼 겸해서 그렇게 했다. 그리고 고향을 물어봤다. 서울, 인천, 수원, 대전, 부산, 포항, 대구, 의성, 청도 등 전국에서 왔다. 자취하는 학생들도 더러 있었다.

제일 나이 많은 학생은 61세 가정주부. 72학번. 서울에서 대학을 나왔다고 했다. 요리에 관심이 많아 만학도로 이 대학에 다시 들어온 것. 그분 말고도 76학번, 79학번 학생이 더 있었다. 다 가정주부들이다. 하고 싶은 분야를 더 공부하기 위해 만학도의 길을 선택했단다. 이 분들에게는 특히 잘 해드리고 싶다. 점심을 따로 한 번 모실 생각이다.

젊은 학생들도 좋다. 아들, 딸과 같은 나이다. 지난 학기에 이어 또 강의를 듣는 학생이 몇 명 있다. 보통 교양과목은 한 번 듣고 마는데 또 만나게 해준 그들이 고맙다. 추억을 많이 만들 생각이다. 그리고 유종의 미를 거두려고 한다.

8
어느 독자의 격려 댓글

'엊그제 우연히 서점에서 책 제목만 보고 집어 들어 책 표지를 열어보니 대전고등학교를 졸업했다는 첫머리에서 반가워서 구입한 책, 『천천히 걷는 자의 행복』. 저도 대전 출신이고 아버지, 삼촌, 일가친척이 그 학교를 나왔으며 외삼촌께서 작가님 고등학교 시절 그 학교 선생님이셨지요. 몇 편의 에피소드를 보다보니 자연스럽게 빠져들고 급기야는 일터에서 일할 시간에도. '호박잎에 보리밥' 란에선 어쩜 그리 저의 어린 시절 조부모님과의 추억과도 같으신지. 작가님이 이리도 유명한 분이신 줄 몰랐네요. 알게 되어 기쁘기 그지없고 반갑습니다. 『사람풍경 세상풍경』 등 다 찾아서 읽어보고 싶습니다. 간만에 사람 냄새 풀풀 나는, 인위적이지도 작위적이지도 않은 멋진 책과 함께 할 수 있어 행복한 3월이 될 것 같습니다. 감사합니다. 대전고등학교 근처의 대전 대흥국민학교(저는 초등학교를 다니지 않았습니다^^)와 대전여중을 나온 인연을 소중히 여기는 84학번 서울의 어느 독자 올림.'

내 개인 블로그에 올라온 댓글이다. 사실 요즘 블로그 활동은 하지 않는다. 글도 올리지 않고 있다. 대신 페이스북에서 페친들을 만난다. 블로그 활동도 다시 해야 할 판인가 보다. 행복한 고민을 해본다.

9

잠의 미학

요즘 부쩍 많이 받는 질문이 있다. “그렇게 잠을 적게 자도 괜찮습니까?” 내 책 『천천히 걷는 자의 행복』을 읽은 분들이 의아해한다. 책 속에 아침 기상 시간이 몇 번 나온다. 새벽 2시 30분에 일어나도 지장이 없느냐는 얘기다. 대답은 “그렇다”이다. 내겐 원칙이 있다. 졸리면 자고, 눈뜨면 일어나고, 배고프면 밥 먹고. 지극히 단순한 이치다.

그래서 저녁 8시에 잘 때도 있고, 12시 넘어서 잘 때도 있다. 물론 기상 시간은 2시 30분 전후다. ‘낮에 졸립지 않느냐’는 질문이 이어진다. 낮에 또 졸리면 잠깐 눈을 붙인다. 의자에 앉아 자도 상관없다. 졸린데 참는 것도 병이 된다. 사는 것도, 자는 것도 똑같다. 물 흐르듯 하면 된다. 거슬러 올라가려 하면 부작용이 생긴다. 모든 것을 거창하게 생각하면 거기서 벗어나지 못한다. 잘 하려고 해도 안 된다. 욕심 또한 금물이다. 의욕만 가지고는 일이 되지 않기 때문이다.

쉽게 생각해야 방법을 찾을 수 있다. 그런데도 어렵사리 해법을 찾으려고 한다. 무엇보다 열린 마음이 필요하다. 닫힌 마음으로는 아무 것도 할 수 없다. 마음은 출발의 반이다. 졸리면 자라는 식이다. ‘잠의 美學’이랄까.

10
체면과 염치

체면과 염치라는 게 있다. 그런데 체면만 차렸지 염치를 모르는 사람들이 의외로 많다. 왜 그럴까. 이기심 때문이다. 특히 우리나라 사람들은 체면을 잘 내세운다. 말하자면 폼 잡는 것을 좋아한다는 얘기다. 폼생폼사라는 말도 많이 쓴다. 그놈의 체면 때문에.

나는 체면보다 염치가 더 중요하다고 본다. 염치는 기본적으로 부끄러움을 아는 마음이다. 사람 노릇을 하려면 반드시 염치가 있어야 한다. 염치없는 놈이라는 얘기를 들으면 안 된다. 늘 겸손하고 예의를 지켜야 그런 소리를 듣지 않는다. 염치없는 행동은 하지 않았는지 둘러보라. 진짜 몰라서 염치없는 짓을 할 때도 있다. 나부터 항상 되돌아보며 살고 있다. 염치없는 사람이 되지 않기 위해서.

얼마 전 지인의 소개로 주례를 선 적이 있다. 결혼이 보름도 안 남았는데 주례를 못 구했다고 했다. 마침 토요일 약속이 없어서 흔쾌하게 수락했다. 정성껏 주례를 서 주었다. 부탁하는 쪽에서 사례비를 얼마나 드려야 하느냐고 얘기했다. 주례를 봉사로 생각하는 나이기에 필요 없다고 했다. 그런데 신혼여행을 마치고 온 커플들이 보름 이상 지났는데도 고맙다는 인사조차 없다. 이런 것을 두고 염치없다고 하지 않을까.

11
행운의 전화

'안녕하세요. 회사로 팬이라며 전라도에 사시는 분이 통화를 해보고 싶으시다고 연락을 해왔는데, 회사 방침상 개인 정보를 알려드릴 수가 없어서 그분의 연락처를 따로 받아 놨습니다. 정기식, 010-3604-#### 입니다. 판단하시고 연락주시기 바랍니다. 고맙습니다.'

북오션 출판사에서 받은 메일이다. 바로 정기식 님께 전화를 드렸다. 광주에 살고 계셨다. 내 책을 그곳 조그만 책방에서 구했다고 했다. 딱 한 권 있더란다. 나에게는 가장 기쁜 소식이다. 독자가 없는 책은 생명력을 잃은 것이나 마찬가지이기 때문이다. 정기식 님께 거듭 감사를 드린다.

정기식 님은 나보다 세 살 아래. 51세, 토끼띠라고 했다. 그렇게 순진할 수가 없었다. 떨리는 마음에 내 전화를 받았다고 했다. 목소리부터 남도의 구수한 향기가 부쩍 묻어났다. 내 막내 여동생이 토끼띠다. 그래서 제의를 했다. "우리, 형님 동생 합시다." 독자께서 흔쾌하게 응했다. 나에게는 또 다른 동생이 생긴 셈이다. 이렇게 해서 형, 아우 하는 사람들이 많다. 전국 곳곳에 있다. 어디를 가든 형님, 아우가 있으니 부러울 게 없다. 오늘도 지난 해 사귄 아우와 창원 나들이를 한다. 나는 이 세상에서 가장 행복한 사람이다.

12
창원 나들이

경남 창원 나들이를 했다. 실로 오랜만에 가봤다. 2002년 청와대 출입 때 가보고 처음이었다. 당시에는 부산 호텔에 머물다 밤에 잠깐 창원을 다녀왔었다. 낙동강을 건너는 운치가 쏠쏠했던 기억이 난다. 서울 출발시각은 10시 30분. 올림픽대로, 중부고속도로, 중부내륙고속도로를 번갈이 이용하며 목적지까지 갔다. 가는 도중 국도를 이용하기도 했다.

선산 휴게소에 잠시 들러 커피를 한 잔 했다. 행락객들이 꽤 많았다. 김천을 지나 창원 방향으로 접어들자 벚꽃이 보이기 시작했다. 군데군데 개나리와 진달래도 흐드러지게 피어 있었다. 서울에선 보지 못한 풍경이다. 김해시 장유면에 도착한 시각은 오후 4시 30분. 꼬박 여섯 시간이 걸린 셈이다. 그곳에서 한 시간가량 일을 보고 창원으로 향했다.

창원에는 지인이 검찰 고위 간부로 있다. 미리 약속을 하지 않았지만 전화를 해봤다. 그는 서울 집에 있었다. 대신 메시지를 보내왔다. '선배님, 창원에 오셨는데 뵙지 못해 서운하네요. 잠깐 창원 교육단지(창원 폴리텍대학) 쪽에 둘러보시는 것도 좋을 것 같습니다. 벚꽃이 한창이거든요.' 세심한 배려다. 창원 출발 시각은 밤 7시 30분. 서울엔 정확히 11시 30분 떨어졌다. 긴 하루였지만 즐거웠다. 먼 나들이도 해볼 만하다.

13
"이것도 시련인가봐요."

내가 단골로 이용하는 동네 사우나 이발사가 사무실에 들렀다. 사우나 건물이 부도가 나 문을 닫았기 때문이다. 그래서 위로 차 점심을 함께 했다. 정말 2년여 동안 정성껏 머리를 만져 주었다. 당장 머리 깎을 곳이 없어져 불편을 감수해야 할 것 같다. 이발사는 자리를 알아보는 중이라고 했다. 책을 한 권 사인해 드렸더니 이미 책방에서 구입했단다. 더할 나위 없이 고마웠다.

그만두게 된 자초지종을 물었다. 사우나 건물 주인과는 잘 아는 사이라고 했다. 건물주의 소개로 보증금 5,000만 원에 들어왔다는 것. 머리도 잘 깎고, 친절해 단골손님이 꽤 많았다. 나도 그 중의 한 사람이었다. 문 닫기 이틀 전에 통보받았다고 했다. 청천벽력이 아닐 수 없었을 터. 사우나 이발은 그야말로 영세 자영업이다. 혼자 하거나, 한 명 정도 이발사를 고용한다. 그저 밥 먹고 사는 정도의 수입이 보장될 게다.

그는 길거리에 나앉을 처지다. 그럼에도 이발사는 의연했다. "이것도 시련인가봐요. 차차 다른 자리를 알아보려고 합니다. 초대해 주셔서 감사합니다." 의지를 읽을 수 있어 다행이었다. 포기하지 않는 한 다시 일어설 수 있다. 나와 헤어져 지하철역으로 향하는 그의 뒷모습이 외로워 보이지 않았다. 그분이 빨리 자리 잡기를 기원한다.

14
오랜 인연

오늘도 대구 강의를 마치고 올라왔다. 서울 도착은 오후 3시 37분. 저녁 6시, 지인 두 명과 약속이 있었다. 한 분은 지하철 9호선 사장님, 또 다른 분은 김대중 전 대통령 주치의. 셋이서 자주 만난다. 인품이 훌륭한 분들이다. 성공 스토리를 쓰기에 부족함이 없다. 얼굴에도 그렇게 쓰여 있다. 두 형님과 만나면 어떻게 시간 가는 줄 모른다. 인생 선배로서 후배 사랑이 대단하다. 운동도 가끔 한다. 서로 믿음이 있기에 만남이 오래 지속되리라고 본다.

만남 장소는 서울 서초구 반포동 서래마을 '쉬떼르'. 불란서 식당인데 맛이 일품이었다. 인테리어 역시 고객의 눈길을 끌기에 충분했다. 화이트톤으로 매우 정갈했다. 시내 어느 고급호텔 레스토랑 못지않았다. 아니 더 나았다고 할 수 있다. 가격도 비교적 저렴(?)한 편. 부담 없이 즐길 만했다.

내친 김에 다음 약속도 했다. 내가 자주 이용하는 불광동 옻닭집에서 만나기로 했다. 15년 가까이 단골로 다닌다. 특히 주인인 여사장님의 넉넉한 품성이 좋다. 그분의 손맛 또한 서울에서 알아준다. 오래된 단골이 많은 이유다. 그 집 도우미 아주머니들과도 친하다. 마치 한 집안 식구 같다고 할까. 기회가 되면 페친 중에서도 한두 분 모실까 한다. 만남은 곧 생활의 활력소다.

15 설레는 날들

출간을 앞두다보니 아무래도 책 얘기를 많이 하는 것 같다. 고마운 분들이 있다. 오풍연 펜클럽 부회장을 자칭하는 분도 계시다. 부산에 살고 있는 여성 사업가다. 굉장히 활동적이고, 사업 영역도 넓다. 부산에 여러 독서 클럽이 있는데 내 신간을 소개하겠단다. 부산 독자들과 모임도 주선하겠다고 했다. 고마운 일이 아닐 수 없다.

고등학교 동기들도 부쩍 관심을 보여준다. 사실 우리 50대 중반 세대는 책을 거의 보지 않는다. 이참에 내가 그동안 펴낸 책도 모두 읽어보겠다는 친구들도 있다. 그들 역시 고마운 은인이다. 뭐니 뭐니 해도 열성적인 페친들이 있다. 그들 덕에 책도 내게 됐다. 페친들이 없었다면 불가능했을 터. 출간 날짜만 알려달라고 한다.

얼마나 많은 독자들로부터 사랑을 받을까. 그러나 실상은 암울하다. 출판계도 몇몇 영향력 있는 작가들이 끌어간다고 해도 과언이 아니다. 그렇다보니 중소 출판사들은 발조차 붙이기 어렵다. 우선 마케팅에서 대형 출판사에 밀린다. 서점에 가면 제일 먼저 작가, 출판사, 제목순으로 살펴본다. 나 같은 무명의 경우 제목과 표지가 산뜻해야 한다. 그래서 출판사에서도 심혈을 기울이고 있다. 설렘으로 출간을 기다린다.

16
"자기 여자 있어?"

저녁 약속은 거의 하지 않는 편이다. 가급적 가족과 함께 하기 위해서다. 대신 점심 때 사람들을 만난다. 밖에서 저녁을 하는 건 한 달에 한두 번 정도 될까. 오늘 역시 일찍 집에 들어왔다. 그런데 아내의 표정이 심상치 않다. 다소 화난 표정이다. 대뜸 묻는다. "자기 여자 있어?" 웬 뚱딴지같은 소리인가 귀를 의심했다. 그런데 똑같은 질문을 했다. "여자 있느냐는 말이야." 물론 있을 턱이 없다.

자초지종은 이랬다. 아내가 가끔 점집에 들른다. 점쟁이에게 종종 전화를 걸어 묻기도 한다. 다른 일 때문에 전화를 걸어 이것저것 물어보았단다. 그런데 점쟁이가 말끝에 "남편이 다 좋은데 여자가 있는 것 같아"라고 말했단다. 아내에겐 청천벽력일 터. 사실이라면 억장이 무너지지 않겠는가. 그토록 믿었던 남편에게 다른 여자가 있다면 그 배신감은 말로 표현할 수 없을 것이다.

남녀 관계는 알 수 없다고 한다. 일방적으로 좋아할 수도 있기 때문이다. 그래서 늘 조심을 해왔다. 기자 생활을 하면서 얻은 별명이 '젠틀맨'이다. 1988년 검찰 출입을 할 때 한 간부가 붙여줬다. 점잖다는 취지에서 그렇게 불렀을 성 싶다. 그것이 나를 옭맨 것은 사실이다. 젠틀맨이 허튼 수작이나, 일을 할 순 없지 않겠는가. 착하고 정직하게 살려고 노력했다. 고마울 뿐이다. 결론은 그렇다. "여자가 없고, 앞으로도 그럴 게다."

청호반새 ©김연수

17
백혈병 엄마와 맏딸

집으로 택배가 왔다. 전날 택배 회사에서 문자메시지가 오길래 잘못 온 줄 알았다. 내가 주문한 게 없었기 때문이다. 집에서는 혹시 몰라 뜯어보지 않았다고 했다. 퇴근해서 보니 인천의 암환자가 보낸 것이었다. 그 분께는 한동안 연락을 못 드렸었다. 나의 세 번째 에세이집 『여자의 속마음』의 주인공이다.

먼저 포장을 뜯어보았다. 충북 영동에서 만든 사과주스 박스 두 개가 들어 있었다. 한 개를 꺼내 마셨다. 향기가 좋았다. 그리곤 오랜만에 전화를 걸었다. 집에서 시켜 먹는 건데 좋아서 작가님에게도 보냈다고 했다. 그분은 백혈병을 앓고 있다. 사연도 기구하다. 남편도 몇 해 전 똑같은 병으로 세상을 떠나보냈다. 급성이라서 발병한 지 6개월 만에 세상을 떴다고 했다. 그분도 입원과 퇴원을 반복 중이다. 지난해 통화했을 때는 거의 완치됐다고 했다. 그런데 또다시 몸이 나빠져 입원 치료를 받았단다.

그분의 성격은 정말 낙천적이다. 본인이 암환자라고 밝히지 않으면 몰라볼 정도다. 강한 정신력을 지녔기에 가능하다고 본다. 그분의 인천 집 방문을 포함해, 지금까지 세 번 만났다. 딸이 둘 있는데 막내딸이 먼저 시집갔다. 큰딸은 엄마 걱정에 시집을 미루고 있다. 엄마는 나에게도 부탁한다. "좋은 신랑감 있나 알아봐 주세요." 그게 우리네 엄마다. 모녀의 행운을 빈다.

18
김음강 선생은 聖者다

'『천천히 걷는 자의 행복』 저자인 오풍연 님을 만나기 위해 그가 근무하는 파이낸셜뉴스 논설 위원실 찾았습니다. 독자와의 만남입니다. 약속대로 책을 읽은 느낌을 조금 올려 봅니다.'

받는 기쁨보다 주는 기쁨이 더 큰 것은 확실하다. 이것을 실천하는 것은 쉽지 않다. 너무 크게 생각할 필요가 없다. 꼭 돈을 주지 않아도 된다. 내가 할 수 있는 가능한 범위 안에서 찾는다. 그동안 다섯 권의 에세이집을 내면서 여러 사람들에게 책을 나눠 드리고 있다.

'나눔을 너무 잘 아는 분 같습니다. 자신이 가진 재능을 나누는 것은 관심만 있으면 누구나 할 수 있겠지요. 가난한 사람이든 부자든 누구나 재능 기부는 가능하니까요. 나눔을 실천하는 아름답고 사랑이 넘치는 세상을 꿈꾸어 봅니다.'

김음강 선생이 페이스북에 올린 글이다. 그와의 처음 만남은 이렇게 시작됐다. 휠체어에 의지하고 있음에도 그는 직접 회사를 방문했다. 게다가 책을 사들고 찾아오셨으니 감동을 배가시켰다. 그의 인생 역정은 감동 그 자체였다. 글로 옮기기 어려울 정도다. 의지가 대단했다. 봉사정신 또한 귀감이 됐다. 성격도 무척 명랑하고 쾌활했다. 불구는 그에게 적이 되지 못했다. 요즘 자서전 집필을 끝냈단다. 출판사를 알아보는 중이라고 했다. 그의 육필 원고가 많은 사람들에게 읽혔으면 한다.

19
"아빠 맛있는 것 사주세요."

모처럼 토, 일요일 쉰다. 외부 약속을 잡지 않았기 때문이다. 가족들과 오붓한 시간을 가질 예정이다. 가족이라야 모두 네 명. 장모님, 아내, 아들 녀석이 전부다. 움직이기도 좋다. 차 한 대로 충분하다.

그런데 요즘 장모님은 함께 하지 못한다. 다리가 불편한 탓이다. 모시고 나가려고 해도 남들 보기 안 좋다며 극구 사양하신다. 장모님의 외출은 병원 나들이가 거의 전부다. 우리의 부모님들은 이렇게 늙어가신다. 맛있는 것도 건강할 때 사드려야 한다. 용돈도 마찬가지다. 움직일 수 있을 때 더 드려야 한다. 몸이 불편해지면 효도하려고 해도 이미 늦다. 가끔 주례를 설 때마다 빼놓지 않는 말이 있다. "부모님의 건강을 꼭 챙겨드려라. 일 년에 한 번씩 건강검진을 받도록 해라." 쉬운 것 같아도 실천은 쉽지 않다. 자식이 신경을 바짝 써야 가능하다.

요즘은 장모님을 빼고 셋이서 외출할 때가 많다. 대신 장모님이 잡수실 것은 밖에서 사온다. 미안한 마음이 든다. 아내와 아들 왈 "아빠 오늘 맛있는 것 사줘." 무슨 청이든지 들어주려 한다. 그렇다고 비싼 것을 요구하지도 않는다. 내 주머니 사정을 고려해서다. 이심전심이랄까.

비가 많이 온다는 일기예보다. 날씨가 방해하지 않았으면 좋겠다.

20
내가 책을 쓰는 이유

『천천히 걷는 자의 행복』이 나온 지 오늘로 꼭 한 달째다. 2013년 3월 6일, 여섯 권째 에세이집을 펴낸 날이다. 책을 받아든 그날의 감동을 잊을 수 없다. 쌀쌀할 때 첫 선을 보였는데 이젠 완연한 봄이다. 남쪽의 벚꽃은 이미 만개했다. 여의도의 벚꽃도 한창 물이 오르고 있다. 이처럼 세월은 빠르다. 그래서 유수와 같다고 했을 것이다.

많은 분들이 관심을 보여주셨다. 정말 고맙다. 모두 일곱 차례에 걸쳐 독자, 또는 지인들과 미팅을 했다. 특히 나를 직접 찾아주신 독자들께 진심으로 감사를 드린다. 격려와 애정을 보여주셨다. 전화 한 통, 메시지 한 줄, 한 번의 방문이 작가를 들뜨게 한다. 나 역시 마찬가지다. 한 달 동안 뜬구름처럼 지냈다. 세상을 더욱 살맛 나게 해주셨다고 할 수 있다.

페이스북은 나의 모든 것이다. 하루하루의 흔적을 담고 있다. 대신 일기는 따로 쓰지 않는다. 일곱 권째 에세이집의 출발도 바로 페이스북이다. 페이스북에 올린 글을 다듬어 원고를 쓰고 있다. 물론 기약은 없다. 지금까지 나온 여섯 권이 모두 그랬다. 전업 작가가 아닌 만큼 부담도 없다. 책을 내는 데 더 의미를 둔다. 책은 곧 자기만족이다. 그래야만 계속 글을 쓸 수 있다. 독자들께 거듭 감사를 드린다.

21
장인의 사위 사랑

'오풍연 국장, 『천천히 걷는 자의 행복』에 대한 독자들의 폭발적인 반응에 놀라고 있습니다. SBS 8시 뉴스 앵커 김성준의 클로징 멘트를 분석한 장문의 글 세 편을 다음(daum)의 내 블로그에 올렸습니다. 그 글에 대한 조회 열기 또한 뜨겁습니다. 다음 링크에 들어가 보세요. 네이버(naver)나 다음에 '김성준 앵커'를 치셔도 바로 연결되더군요.' 천하의 손주환 사장님이 내 페이스북에 링크를 공유했다. 청와대 정무수석, 공보처장관, 서울신문 사장을 지낸 분이다. 물론 언론계 선배이기도 하다. 나와는 특별한 인연이 있다. 1997년 서울신문 노조위원장을 할 때 사장을 지내셨다. 그럼에도 자주 모시지 못해 죄송할 따름이다.

'손주환 사장님, 사위 사랑이 대단하시네요. 이전부터 소문을 들어 알고 있었지만 부럽습니다. 저는 장인이 1993년 돌아가시고 장모님만 모시고 삽니다. SBS 8시 뉴스는 저녁마다 봅니다. 김성준 앵커는 든든한 후배죠. 또 김 앵커는 얼마나 행복하겠어요. 장인의 사랑을 듬뿍 받고 있으니. 시간 되면 사장님과 김 앵커 함께 뵙고 싶습니다.'

뵙지 못하는 대신 페이스북을 통해 인사를 드렸다. 기자 생활을 하면서 김 앵커도 잘 안다. 아주 예의 바르고 능력 있는 친구다. 그러기에 SBS 뉴스가 더욱 사랑을 받는지 모른다. 장인과 사위는 어려운 사이임에도 이처럼 사랑을 나눈다.

22
'토크쇼'의 주인공이 된다

5월이 벌써부터 기다려진다. 흥분되는 일이 있기 때문이다. '토크쇼'의 주인공이 된다. 날짜까지 확정됐다. 5월 10일. 대구 대경대학교 교직원과 학생들을 대상으로 첫 토크쇼를 하게 된 것. 당초 4월 12일 하기로 했었는데 준비 관계상 한 달 뒤로 미뤘다. 고정 패널은 나와 정홍규 신부님. 정 신부님은 줄곧 대구, 경북지역에서 선교활동을 해오셨다. 지역의 원로로 사회활동에도 열심이시다. 특히 환경운동에 지대한 공헌을 했다. 지금은 경북 영천에서 대안학교인 산자연학교를 운영하고 계시다. 학생들과 함께 하는 지금이 가장 행복하단다.

영화배우 신성일 씨도 패널로 참여할 예정이다. 그는 대구에 거처를 두고 있다. 한국 영화의 산증인이랄 수 있다. 정치도 한 적이 있어 에피소드가 많을 듯싶다. 나도 아직 신 씨를 만나지 못했다. 조만간 만날 계획이다. 또 한 명의 패널은 대경대 설립자인 문학박사 유진선. 나와는 친구 사이다. 유 박사는 32세 때 이 대학을 설립했다. 개교 초기 480명으로 시작해 현재는 학생이 7,000명에 달한다. 올해로 개교 20주년이 된다. 직업전문대학으로 완전히 자리 잡았다.

넷이서 토크쇼를 하면 재미있을 것 같다. 각자 걸어온 길이 달랐기 때문에 다양성은 있을 게다. 그 날이 기다려진다.

23
고급 슈트

옷이 날개라고 한다. 실제로 그렇다. 남녀노소 할 것 없이 겉치장에 신경 쓰는 이유다. 깨끗한 단장은 상대에 대한 예의이기도 하다. 후줄근한 차림보다는 단정한 모습이 훨씬 낫기 때문이다.

다행이 몸무게가 거의 변함이 없어 옷 걱정을 덜 하는 편이다. 10년, 20년 전에 장만한 것도 입는다. 남자 옷은 유행을 타지 않기 때문에 세탁만 해서 입으면 된다. 옷감이 좋아서 해지지도 않는다. 그래서 양복이 20여 벌은 된다. 직장인 치고는 많은 편일 게다. 하지만 최근에 맞추거나 산 것은 별로 없다. 오래된 옷이 많다. 일주일에 4~5일 양복을 입는다. 어떤 양복도 하루 이상 입은 적이 없다. 와이셔츠, 넥타이도 마찬가지다. 장모님이 정성껏 다려주신다. 고마움을 느낀다.

아내와 근처 백화점에 들렀다. 콤비 팔꿈치 부분에 댄 천이 해져 수선을 맡기러 갔다. 간 김에 옷 구경도 했다. 가기 전에는 옷을 사지 않겠다고 했다. 그러나 눈길 가는 콤비가 있어 한번 입어봤다. 맞춘 듯이 꼭 맞았다. 가격을 슬쩍 봤다. 양복 한 벌 값이었다. 아내의 눈치를 봤다. "자기 맘에 들면 사 입어." 웬만하면 사양할 텐데 그대로 달라고 했다. 기분이 좋았다. 아내에겐 미안한 마음도 들었다. 세일할 때 할인코너만 둘러보는 아내다. 아내에게도 정장 옷 한 벌 선물할 날이 있으리라.

24
거짓말의 결과는 혹독하다

대학 강단에 선 지 두 학기째다. 교수는 생각지도 못했다. 남이나 하는 줄 알았다. 난 박사학위는 물론 석사학위도 없다. 어찌 보면 자격(?)이 없다고 할까. 만 27년째 기자 생활, 여섯 권의 에세이집 편찬이 전부랄 수 있다. 그런 나에게 기회를 준 대학 측이 고맙다. 나는 대경대학교 경영학부 교수로 되어 있다. 그러나 내가 강의하는 과목은 일반교양이다. 따로 전공이 없으니 그럴 수밖에 없다.

내 강의에선 중간고사, 기말고사를 치지 않는다. 리포트로 대체한다. 학생들의 부담을 덜어주기 위해서다. 나는 리포트마저 내지 않아도 된다고 얘기한다. 단, 착하고 정직하게 산다면. 강의 내내 강조하는 것이 그것이다. 학생들에게 착하고 정직하게 살 것을 주문한다. 그러면 반쯤 성공의 길로 접어들었다고 볼 수도 있다. 적어도 실패할 확률이 그만큼 줄어든다. 착하고 정직하면 부지런하고 성실하다. 사회는 그런 사람을 원한다.

최근 인기 작가 이외수 씨와 김미경 씨가 거짓말로 곤욕을 치르고 있다. 150만 팔로어를 거느리며 한때 '트통령(트위터 대통령)'으로 불리던 소설가 이외수 씨. 혼외정사로 낳은 아들한테 양육비를 줬네 안 줬네 하는 사생활을 놓고 '철면피'라는 비난이 쏟아진다. 스타 강사 김미경 씨도 마찬가지다. 그의 책은 베스트셀러에서 급전낙하하고 있다. 거짓말의 결과는 이처럼 혹독하다.

25
여 선생님의 쪽지

'토크쇼까지요~~. 참 다양하네요^^. 바쁘시겠어요. 좋은 거지요^^. 이제야 선생님 책 읽어요ㅠㅠ. 선생님의 일상이 그대로 그려지네요~~. 삼박자 책. 호흡이 정해진 것만 같은. 감사히 잘 읽겠습니다. 너무 늦었죠. 부끄럽게요ㅋ.' 인천의 한 초등학교 여선생님이 보내온 쪽지다. 이따금씩 소식을 전해온다. 올해는 수업을 하지 않고 한 해 쉬신다고 했다. 대학의 안식년처럼.

그 선생님은 지난해 처음 만났다. 영광스럽게도 여의도를 직접 방문하셨다. 내 초청에 응해주신 것. 처음 뵈었을 때 마치 소녀 같았다. 아내와는 동갑내기였다. 두 시간여 동안 이런저런 얘기를 나눈 기억이 있다. 지난번 왕십리에서 있었던 북 콘서트에도 참석해 주셨다. 바로 답장을 드렸다.

'방금 전 일어났습니다. 정확히 2시네요. 매일 이 때쯤 일어나요. 세월이 참 빠르죠. 북 콘서트 한 게 엊그제 같은데 벌써 한 달이 훌쩍 지났어요. 강의도 마찬가지네요. 다다음주는 중간고사라서 휴강을 합니다. 학생들이 제일 좋아해요. 아무리 훌륭한 강의도 않는 것보다 못한가 봐요. 이를 명심하고 있습니다. 교정은 꽃으로 물들어 있습니다. 학생들의 풋풋함을 느낄 수 있어요. 올해 개교 20주년을 맞습니다. 학교가 크진 않지만 예뻐요. 한 번 보여드리면 좋을 것 같은데. 좋은 하루 되세요.'

26
어느 상병과의 인연

얼마 전 페이스북에 한 블로거의 서평을 올린 적이 있다. 나의 첫 에세이집 『남자의 속마음』에 대한 서평이었다. 오늘에서야 서평을 올린 분의 신원을 알게 됐다. 감사의 표시를 하려고 해도 방법이 없었다. 그래서 방명록에 댓글을 남겨 놓았다. '『남자의 속마음』 저자 오풍연입니다. 블로그에 서평을 올려주셨네요. 먼저 감사드립니다. 주소를 남겨주시면 제가 최근에 펴낸 책을 한 권 보내드리겠습니다. 고맙습니다.' 이 같은 댓글을 남겨놓은 뒤 한동안 잊고 있었다.

그분은 사흘 만에 댓글로 답했다. 주인공은 현역 군인이었다. "^^ 영광입니다. 작가 분께서 직접 댓글도 달아주시고. 『천천히 걷는 자의 행복』 보내주시려는 것 같은데 보내주시면 감사히 읽고 독후감 포스팅하겠습니다^^! 강원도 강릉시 제 18전투비행단 학동 사서함 334-19호 정보통신대대 상병 이○○입니다. 우: 210-899" 짧지만 강렬했다.

군인은 시간이 별로 많지 않다. 그럼에도 짬을 내 서평을 올렸다. 보통 정성이 아니다. 아무나 할 수 있는 일이 아니라는 얘기다. 그래서 더 감동으로 다가온다. 바로 인터넷 서점에 주문해 책을 보내드렸다. '오늘 아침 책을 보냈어요. 『천천히 걷는 자의 행복』. 졸저지만 일독해 주세요.'

27
후배의 점심 초대

모처럼 광화문 나들이를 했다. 지난해 10월 그곳을 떠나온 이후 점심 때 처음 나갔다. 서울신문에서 함께 일했던 부장이 식사에 초대한 것. 약속 시간은 11시 40분. 장소는 동아일보 일민미술관 1층 이마 레스토랑. 여의도 사무실에서 10시 46분 출발했다. 약속 장소에 도착하기 전 광화문 개인 사무실에 들렀다. 11시 20분이었다. 이 사무실은 지인이 마련해준 것. 요즘은 토요일과 일요일에 가끔 들른다. 그 곳에 지난해 2월부터 10월 초까지 있었다.

사무실 옆에 약국 두 곳이 있다. 약사님과 직원들이 친절하게 맞아준다. 모두 여자 약사님. 8개월가량 있으면서 그들과 정도 들었다. 그러나 약국의 경쟁은 치열하다. 손님을 한 명이라도 더 끌기 위해 안간힘을 쓰고 있다. 더러 민망할 때도 있었다. 경쟁사회에서는 어쩔 수 없는가보다.

식당엔 정확히 11시 40분에 도착했다. 후배가 먼저 나와 있었다. 내가 퇴사한 후 입사한 여직원을 한 명 데리고 나왔다. 나와는 '페친' 사이. 인상이 퍽 좋았다. 성균관대 법학과를 나온 재원이었다. 마산 출신. 그래서 "최고가 되라"며 덕담을 건넸다. 메뉴는 함박스테이크. 광화문 맛집답게 실망을 시키지 않았다. 후배 부장의 마음 씀씀이가 고맙다. 5월 초 그들을 여의도로 초대했다. 이런 친구들이 있기에 더욱 살맛 난다.

28
열한 번째 주례

이번 토요일 주례를 선다. 열한 번째다. 나이에 비해 적지 않게 섰다고 한다. 사회 통념상 그렇다고 할 수 있을 것 같다. 그러나 내 관점은 조금 다르다. 일종의 '봉사'로 생각하고 있기 때문이다. 멋진 주례는 아니지만 주례로 걱정하는 분들에게 조금이라도 도움을 드리기 위해서다.

서울 불광동에 유명한 옻닭집이 있다. '통나무집'. 2,000년 청와대 출입기자 때부터 단골로 다니는 집이다. 남녀 사장님은 물론 직원들과도 친하게 지낸다. 한 식구 같다고 할까. 도우미 아주머니의 아들 주례를 서는 것이다. 신랑은 올해 스물여덟 살. 신부가 두 살 더 많다. 그 아주머니가 나에게 한 말이 있다. "우리 아들 결혼식 주례는 국장님이 꼭 서 주셔야 돼요." 그 당시엔 별 생각 없이 "그러겠다"고 대답했다. 그런데 결과적으로 약속을 지킨 셈이 됐다. 인연이 이렇게 이어진다.

이번에는 네 권의 책을 가지고 가려 한다. 모두 내가 쓴 책이다. 신랑에게는 『여자의 속마음』, 신부에게는 『남자의 속마음』을 준다. 신랑 부모에게는 『천천히 걷는 자의 행복』, 신부 부모에게는 『사람풍경 세상풍경』을 각각 줄 예정이다. 대신 주례사는 짧게 한다. 책 속에 내용이 담겨 있기 때문이다. 식을 모두 끝내면 13~15분 걸린다. 예식장 측이 좋아한다. 하객들도 싫어하지 않는다. 주례사는 경청하는 사람들이 별로 없는 까닭이다. 내 주례의 풍속도다.

29
홍청유 작가님과 또 다른 페친

글을 예쁘게 쓰시는 분들이 많다. 어쩜 그렇게 잘 쓰는지 모르겠다. 짧은 글을 쓰는 나로선 부럽기 짝이 없다. 나는 미문(美文)을 쓰지 못한다. 내 글에는 형용사가 거의 없다. 에세이뿐만 아니라 사설, 칼럼에서도 그렇다. 주어, 동사 위주로 글을 쓰고 있다. 그래서 밋밋하기도 하다. 하지만 글쓰기 습관을 바꿀 생각은 없다. 단문(短文)의 전형을 만들고 싶은 게 솔직한 심정이다.

'페친'이신 홍청유 작가님. 정말 글을 예쁘게 쓰신다. 여성 특유의 섬세함이 배어 있다. 페이스북에 올리는 사진 또한 걸작이다. 목소리도 아주 곱다. 성우 뺨친다. 지난번 왕십리에서 있었던 북 콘서트 사회도 봐주셨다. 능수능란했다. 기성 MC보다 훨씬 나았다. 고마움을 전하지 못해 죄스럽다. 댓글도 정성껏 달아주신다. 몇 번 뵈었기에 내 속마음을 훤히 꿰뚫고 있는 것 같다. 내가 하고 싶은 얘기를 정확히 짚어낸다.

오늘 아침 또 다른 '페친'이 메시지를 남겼다. 전날 만난 페친이다. '감사합니다! 저도 어제 뵙게 되어 무척이나 영광이었습니다! 오늘 하루를 좋은 메시지로 시작하게 되어 또한 기쁩니다. 이제 목련이 꽃봉오리를 막 틔우는데– 이제부터 정말 봄이 시작하려나 봅니다. 오늘도 꽉 찬 하루 되시길! 4월의 어느 아침입니다.^^' 오늘도 새 소식과 함께 상쾌하게 출발한다.

30
책과 천덕꾸러기

받는 기쁨도 좋지만 주는 기쁨은 더 크다. 그래서 '기부천사'라는 말도 나왔을 터. 나도 실천하려고 노력한다. 주는 것도 몸에 배어야 한다. 마음은 있어도 실천하지 못하는 사람들이 의외로 많다. 쑥스럽단다.

책을 낼 때마다 지인들에게 나눠드리고 있다. 보통 출판사에서는 저자에게 스무 권 정도 무상으로 준다. 나머지는 직접 구입하든지, 인터넷 구매를 통해 보내드린다. 온라인 서점이 있어 편리하긴 하다. 주소만 있으면 된다. 하루 이틀 안에 배달되니 좋은 세상이다. 이번에도 열 명에게 책을 보냈다. 온라인 서점을 이용해서 내 사인은 하지 못했다. 직접 수령했는지는 실시간으로 확인이 가능하다. 모든 분들에게 배달된 것을 알 수 있었다.

이 중 두 분에게서 연락을 받았다. 책을 잘 받았다는 내용이었다. "언제 또 책을 썼어?" 여러 권 내다보니 비슷한 질문을 받는다. 그럴 때마다 힘을 얻는 게 사실이다. 책을 읽어주는 분이 적어도 한두 명은 있다는 얘기다. 책을 받고도 열어보지 않는 사람들이 적지 않다. 귀찮은 존재로 여기기도 한다. 책이 이처럼 설움을 받는다. 출판업계의 고충을 알 만하다. 내겐 꿈이 하나 있다. 내 책이 '천덕꾸러기'가 되지 않았으면 하는 바람이다. 이 아침에 독서의 의미를 되새긴다.

31
10개월 만 개업집 방문

금요일도 격주로 쉬니까 아주 긴요하게 쓴다. 남들이 생각지 못하는 여유를 느낄 수 있다. 뿐만 아니라 평일에만 가능한 일들을 할 수 있다. 일석이조랄까. 어제 역시 마찬가지. 아침에 충북 충주에 가서 점심을 먹고 올라왔다. 앙성면으로 한우가 유명했다. 유명세만큼이나 맛도 일품이었다. 오후 5시까지는 서울 집에 도착해야 했다. 지인의 치킨집에 가기로 했던 것.

동네에 살고 있는 어른을 모시고 가기로 약속했다. 그 어른, 지인과는 형님 동생 하고 지냈다. 아내와 함께 헬스클럽을 다닌 분들이다. 아내와 아들 녀석도 동행했다. 지인이 지난해 여름 강남으로 가게를 옮겼다. 당산동에서 추어탕집을 하다가 역삼동에 치킨집을 냈다. 상호는 '깐부치킨.' 진작 가봤어야 했는데 차일피일 미루다 10개월 만에 간 셈이다. 미안한 마음도 없지 않았다. 바쁘다는 것은 핑계였기 때문이다.

지인 부부는 마침 가게에 있었다. 초저녁이라 손님은 별로 없었다. 그래서 이런저런 얘기를 나눌 수 있었다. 업종을 바꿔 성공하기가 쉽지 않은데 잘 된다고 했다. 다행이었다. 한 시간 반가량 머물다 나올 때쯤 되자 손님들이 들이닥치기 시작했다. 일찍 오기를 잘했다고 생각했다. 여의도 벚꽃 축제 때문에 집으로 돌아오는 길이 많이 밀렸지만 훌가분했다.

32
건만증과 뜻하지 않은 외식

요즘 건망증이 심해졌다. 치매(?) 징조는 아닐까. 여하튼 조금은 이상한 변화다. 자주 잊어 먹는다. 특히 지갑을 집에 두고 나가는 경우가 많다. 장모님과, 아내, 아들 녀석의 성화가 심하다. "벌써 그러면 어떻게 하느냐"고 핀잔을 준다. 아들 녀석은 "아빠 돈 안 내려고 그러지?"라며 놀려댄다.

어제의 경우도 그렇다. 나는 음력으로 정월생인데 양력으론 4월로 되어 있다. 케이크 교환권이 메시지로 왔다. 단 카드를 가지고 나오라고 했다. 주례를 마치고 집으로 돌아와 잠시 쉰 뒤 아내와 함께 시내로 나갔다. 마침 케이크 코너에 도착해 카드를 내려고 지갑을 뒤졌다. 그러나 바지 뒷주머니에 지갑이 없었다. 아차 했다. 집에 전화를 걸었더니 집에 놓고 왔단다. 다행이 아들이 집에 있어서 아들보고 가지고 나오라고 했다. 40분 뒤 녀석이 나타났다. 아내와 아들은 눈을 흘긴다. 먹음직스런 과일 케이크를 교환했다.

이때 시간은 오후 5시를 넘겼다. 장모님은 밖에서 저녁을 먹고 들어오란다. 아내와 아들도 싫지 않은 눈치였다. 메뉴가 문제였다. 며칠 전 들렀던 한 레스토랑이 생각났다. 값도 싸거니와 맛이 좋았기 때문이다. 그곳으로 향했다. 주말이라서 일곱 테이블 정도 기다렸다. 아내와 아들은 내 건망증을 탓하면서도 뜻하지 않은 외식에 즐거워했다. 때론 건망증이 효자 노릇도 한다.

33
행복한 하루

으레 그렇듯 눈뜨면 거실로 나온다. 평소보다 한 시간 빠른 1시 25분쯤 일어났다. 먼저 컴퓨터를 켰다. 날마다 같은 행동을 반복한다. 기자 습관을 못 버려 뉴스부터 체크한다. 제일 먼저 보는 것은 정치 뉴스. 사회, 경제, 국제, 스포츠 뉴스 순으로 본다. 관심 분야 순위다. 그 다음 페이스북으로 들어온다. 페친들이 있기에 외롭지 않다. 이런저런 소식들을 전해준다.

오늘은 많은 분들이 꽃다발을 선물해 주었다. 가만히 생각해 보니 내 양력 생일이었다. 예쁜 꽃과 케이크가 가득했다. 고맙지 않을 수 없다. 물론 음력 생일은 지났다. 음력으로는 1월 18일이다. 정월 생일이 흔치 않은데 일찍 태어났다. 태어난 시도 새벽이다. 어젯밤 한 후배가 메시지를 전해왔다. '형님 월요일 생신 축하드립니다. 스케줄이 어떻게 되시는지. 저녁 식사 할 수 있으세요?' 그 친구 역시 페이스북의 정보를 봤던 것이다. 그래서 전화를 걸었다. "생일 두 번 먹으라고". 오늘 저녁 약속까지 잡았다.

장소는 이태리 레스토랑 '라 칸티나'. 내가 만 27년 동안 단골로 다니는 집이다. 음식 맛은 일류 호텔보다 낫다. 물론 가격은 훨씬 저렴하고. 일석이조인 셈이다. 아내와 아들 녀석도 그 집이라면 무조건 'ok'다. 오늘은 후배와 부부 동반으로 넷이서 할 예정이다. 생일을 함께 해주는 벗이 있어 행복하다.

34
해후

간만에 고등학교 친구와 회포를 풀었다. 법무법인 바른 소속 윤경 변호사. 정말 훌륭한 친구다. 실력은 물론 인품이 뛰어나다. 개업한 지는 3년 조금 넘었다. 특히 집행법, 경매 분야에선 우리나라 최고다. 책도 많이 본다. 전문가들이 그렇지만, 자기 분야 말고는 관심이 덜한 것도 사실이다.

한 달 전쯤 약속을 했다. 대구에서 강의를 마치고 3시 31분 서울에 도착했다. 광화문 사무실에 들러 잠시 휴식을 취했다. 기자가 개인 사무실이 있다고 하면 의아해한다. 지난해 서울신문 사장에 도전했을 때 지인이 마련해 주었다. 롯데호텔에서 양복점을 경영하고 있는 선배도 만났다. 사장이 되면 입으라고 양복까지 한 벌 선물해주신 분이다. 그 옷을 입고 나왔기에 양복점에 들렀다.

윤 변호사와의 약속 시간은 오후 6시 30분. 맛있는 교토 남부터미널점. 퓨전 일식점이다. 나는 처음 가봤다. 그런 집들이 많다고 했다. 처음 약속할 때는 조용한 방을 생각했다. 그러나 오픈된 선술집이었다. 안주를 세 개 시켰다. 주거니 받거니. 거나하게 마셨다. 늘 그렇듯이 2차도 했다. 근처의 호프집. 9시 반쯤 끝냈다. 택시를 잡았더니 친구가 택시비까지 건네준다. 웬 횡재. 올림픽대로를 타고 집으로 돌아오는 야경이 황홀했다. '경아 고맙다. 집에 들어왔어. 자주 보자.'

35
병원과 친해져도 나쁠 것 없다

기막힌 사연도 많다. 특히 암 선고 앞에서는 모든 게 흐트러진다. 당사자는 물론 가족들도 초비상이다. 어떻게든 살려고, 살려내려고 노력한다. 기적도 일어나기에 미리 포기할 필요는 없다. 암을 선고받고도 이겨내는 경우를 적지 않게 본다. 그들은 초인이라 할 수 있다.

췌장암. 나쁜 암에 속한다. 예고 없이 찾아와 발견하면 어느 정도 이미 진행된 후다. 그래서 5년 생존율도 가장 낮은 편이다. 복부 초음파를 하면 알 수 있다. 그러나 대부분 등한시한다. 지인의 경우도 그랬다. 위, 대장 내시경은 해왔단다. 황달기가 있어 병원에 가서 확인한 결과 췌장암 진단을 받았다. 수술을 할 수 없는 단계까지 진행됐다고 했다. 얼마나 황당하겠는가. 게다가 그는 딸 셋을 본 뒤 낳은 외아들이다. 부모님도 모두 살아계시다.

정기적으로 건강 검진을 하면 암도 예방할 수 있다. 췌장암 역시 초기에 발견하면 치료가 가능하다. 다른 언론사의 한 후배도 췌장암 수술을 했는데 완치됐다. 내가 주례를 설 때마다 강조하는 게 있다. 바로 건강 검진이다. 부부의 건강은 물론 부모님의 건강을 챙겨드리라고 당부한다. 일 년에 한 번씩 정기 검진을 받을 것을 주문하고 있다. 건강을 잃으면 모든 게 날아간다. 병원과 친해지는 것도 나쁘지 않다.

36
첫사랑

누구에게나 첫사랑이 있을 터다. 그 대상은 제한적이지 않다. 연인일 수도 있고, 그렇지 않은 경우도 있다. 누군가에게 사랑하는, 좋아하는 감정이 있었다면 그것이 첫사랑일 게다. 첫사랑은 대개 이뤄지지 않는다. 그 자체로 추억이라고 할까.

지난번 강의에서 한 시간은 학생들과 프리 토킹을 했다. 멍석을 깔아 놓으면 질문을 잘 하지 않는 것이 한국 사람의 특성이다. 역시 그랬다. 그래서 한 여학생을 지명했다. 학생이 "선생님도 첫사랑이 있었습니까?"라고 대뜸 물었다. 뜸 들이지 않고 바로 대답했다. "네, 있습니다. 물론 지금의 아내는 아닙니다." 대학에 들어와 처음 만난 분이 있었다. 나보다 두 살 위인 은행원. 키가 작고 아주 예뻤다. 요즘 대세인 얼굴이 작은 미인이었다. 명동에서 근무했었다. 그러나 오래 가지 못했다. 연상인데다 나의 군대 문제가 걸려 있었기 때문이다. 당시엔 만나면 결혼까지 해야 하는 것으로 생각했다. 상대방을 배려해 내가 먼저 헤어지자고 말한 이유다. 때문에 지금껏 좋은 감정을 가지고 있다. 솔직히 한 번 보고 싶다.

첫사랑을 다시 만나면 어떨까. 장관을 지낸 지인이 자신의 경험담을 털어놨다. "초등학교 때 짝사랑했던 여학생을 만났는데 안 만나는 것이 좋았을 뻔했어요." 너무 많이 변해 있더라고 했다. 과연 그럴까.

37 페이스북이 좋은 이유

사람에겐 폭력성이 있다. 호전적이라는 얘기다. 그래서 싸움이 끊이지 않는다. 스릴을 맛봐서일까. 피를 보면 좋아하는지도 모르겠다. 최근 터진 미국 보스턴 마라톤 폭발 사건도 그렇다. 정말 무고한 시민들이 많이 다쳤다. 영문도 모르고 있다가 졸지에 팔다리를 잃기도 했다. 숨진 사람도 여럿 나왔다. 참혹한 사진을 보면서 인간의 잔인함을 다시 한 번 느꼈다.

언어폭력도 그에 못지않다. 대표적인 것이 인터넷 댓글이다. 익명성을 이용해 무자비한 폭력을 행사한다. 나도 어제 실컷 당했다. 다음 아고라에서다. 종종 글을 올리는데 그때마다 악성 댓글에 시달린다. 물론 개의치 않지만. 그러나 아무리 좋게 봐주려고 해도 그들이 불쌍하다. 오죽 할 일이 없으면 상습적으로 남을 비방하고 헐뜯을까. 내면이 의심스럽기도 하다. 한 번 욕설을 내뱉기 시작하면 습관이 된다. 무서운 병이다.

페이스북 친구들은 다르다. 신상 정보가 공개돼 있기 때문에 그렇기도 할 것이다. 격려의 글이 많고, 희망 메시지를 전달한다. 서로를 감싸는 것은 좋은 일이다. 그래서 실의에 빠져 있다가 용기를 얻기도 한다. 무엇보다 소통의 수단으론 최고다. 자주 만나지 않더라도 누가 무엇을 하는지 알 수 있다. 보다 솔직하고, 정직해야 하는 이유다.

쇠오리와 댕기물떼새 ⓒ김연수

38
입이 호강한 날

쑥국에 도다리. 봄의 별미다. 입맛이 돋는다. 식도락가들이 즐겨 찾는다. 황복. 더 귀하다. 4월에 잡히는 황복이 제일 맛있단다. 임진강 황복을 최고로 친다. 잡히는 양이 많지 않아 미리 주문하지 않고는 먹기조차 힘들다. 양식을 할 수 없으니 더욱 그렇다. 순 자연산이다.

일 년에 한 번씩 그 맛을 본다. 김포에 공장을 가지고 있는 친구가 초대한다. 이번에도 그랬다. 우리 '나눔' 모임 회원은 열두 명. 그 친구를 포함, 다섯 명이 참석했다. 음식점이 김포에 있기에 교통이 다소 불편하다. 지하철이 닿지 않아 승용차를 이용할 수밖에 없다. 친구는 교통편까지 제공했다. 직접 차를 몰고 내가 근무하는 회사로 왔다. 셋이서 그 차를 이용했다. 나머지 두 명은 성남, 과천에서 한 차로 왔다. 두 명은 차가 많이 밀려 늦게 합류했다.

처음에 복 사시미가 나왔다. 쫄깃쫄깃한 게 그만이다. 값어치를 충분히 하고도 남았다. 감칠맛이 난다. 다음은 찜. 바다에서 나는 복보다 훨씬 맛있다. 마지막 순서는 지리. 참게가 함께 나온다. 입이 호강을 했다. 밤 10시 30분쯤 끝났다. 친구는 게장까지 포장해 주었다. 올림픽 대로를 타고 집으로 오는 야경도 황홀했다. 술을 마셔 대리운전을 불렀다. 친구는 집까지 데려다 주었다. 그 같은 배려가 고맙다.

39
고향 '페친'을 만난 날

페이스북에서 고향 친구를 만났다. 전혀 예상하지 못했다. 내 페친은 1,201명. 그 중에 한 명이 있었다. 내가 태어난 곳은 충남 보령시 청라면 라원리 상중. 아주 한적한 시골 마을이다. 내가 초등학교 다니던 1960년대 말, 1970년대 초에는 제법 홍청망청했던 곳이다. 석탄 광산이 있었기 때문이다. 지리교과서에 나오던 '보령 탄전'이 그곳이다. 물론 지금은 모두 폐광됐다.

'이정운 님은 고향 분이시네요. 저는 청라면에서 태어났습니다. 그곳에서 초등학교 5학년까지 다니다 대전으로 전학갔습니다. 고향엔 부모님 산소만 있습니다. 반갑습니다.' 내가 먼저 댓글을 남겼다. 설마 청라면과 관련이 있으리라곤 생각하지 않았다. '오풍연 선생님, 그러시군요. 더더욱 반갑습니다. 전 이곳이 고향은 아니지만 청라면에서 오래 근무한 적이 있습니다. 그래서 본적도 부여에서 청라면으로 옮겼고요. 지금도 청라가 제 고향처럼 느껴집니다. 선생님께선 혹시 상중(라원)에서 사셨었나요? 어렴풋이 선생님에 대해 들은 적이 있는 것 같습니다.' 정확히 그랬다.

이정운 님은 청라면사무소에서 1989년부터 2000년까지 근무했단다. 고향 사람들도 여럿 알고 있었다. 우리 마을은 보성 오 씨 집성촌. 모두 일가친척이다. 반갑기 그지없었다. 고향에 가면 만나자고 약속했다. 또 하나의 인연을 만들었다.

40
인사는 자기와의 싸움

최근 검찰과 경찰의 중간 간부 인사(人事)가 있었다. 인사는 늘 관심의 대상이 된다. 본인은 물론 주변 사람들도 눈여겨보기 때문이다. 직장인은 인사에 목을 맬 수밖에 없다. 공무원이든 일반 회사원이든 마찬가지다. 그래서 인사 발표가 있는 날은 희비가 엇갈린다. 승진하거나 좋은 보직을 받은 사람들은 어깨가 으쓱해진다. 반면 한직을 받은 사람들은 실망하기 일쑤다.

검찰과 경찰에 몇몇 지인들이 있다. 한 명을 빼곤, 섭섭한 감정을 느낄 법했다. 승진한 사람에겐 격려의 메시지를, 다소 만족스럽지 못한 지인들에겐 위로의 메시지를 각각 보냈다. 승진한 지인에게선 바로 답장이 왔다. '고맙습니다.' 그분에겐 전화까지 걸어 목소리를 들었다. 지방 검찰청의 차장검사 발령이 났다. 서울에서도 한 시간 이내 거리에 있어 선망하는 자리다. "지방에 한 번 놀러 가겠습니다." 거듭 축하의 말을 건넸다.

나도 이전 직장에서 여러 차례 인사를 경험했다. 매번 좋을 순 없었다. 그래도 내색하지 않았다. 집에서는 아예 몰랐다. 가장이 의기소침해하면 집안 전체가 풀이 죽는다. 와신상담(臥薪嘗膽), 전화위복(轉禍爲福)의 계기로 삼아야 한다. 그래야 다시 일어설 수 있다. 남을, 조직을 원망해선 발전이 없다. 인사는 자기와의 끊임없는 싸움이기 때문이다. 명심하자.

41
노부부의 소원을 풀던 날

노부부에게 고민이 있었다. 자신들의 건강 문제도 아니다. 마흔 살 넘은 아들이 장가를 못 가고 있었기 때문이다. 나이 들면 언제 죽을지 모른다. 생전에 아들 장가가는 것을 보고 눈을 감는 게 부부의 꿈이었다. 하지만 아들은 짝을 찾지 못했다. 이제나저제나 어딘가에 짝이 있으려니 하고 학수고대했다. 베트남이나 필리핀 신부까지도 염두에 두었다. 우리나라에서 신붓감을 찾지 못하면 외국 신부를 맞을 수밖에 없는 처지다.

처가 쪽에도 노총각이 있었다. 집안의 고민이었다. 그런데 짝을 찾았다. 한 달 전쯤 청첩장을 받았다. 대전에서 결혼식을 치렀다. 결혼 시간은 오후 1시. 서울에서 10시 40분 KTX를 이용했다. 대전까지는 한 시간이 걸리지 않는다. 대전역에서 시내버스를 이용했다. 30분 만에 도착했다. 이미 하객들이 와 있었다. 신랑의 고향은 강원도 원주, 신부의 고향은 전라남도 완도. 신랑이 대전에 터를 잡아 그곳에서 결혼식을 올리게 된 것이다.

신랑과 신부는 열 살 터울. 둘 다 행복해 보였다. 무엇보다 나이 드신 신랑 부모님이 좋아했다. 소원을 푼 듯한 눈치였다. 내 손을 반갑게 잡는다. "사우(위) 왔어. 바쁜데 고생했네." 굳은 손마디에서 고단했던 인생 여정이 느껴진다. 그러나 따뜻했다. 자식을 여의어서 그럴 게다. 늦은 결혼이지만 잘 살기 바란다.

42
일곱 번째 에세이집을 쓰면서…

어떤 글을 잘 썼다고 할까. 각자 관점이 다를 것이다. 독자의 취향에 따라 판단 기준도 다를 터다. 미사여구를 좋아하는 사람은 화려한 문장을 꼽을 게다. 그래서 언어의 마술사라는 말도 나온다. 어쩌면 그렇게 잘 채색하는지 혀를 내두를 정도다. 솔직히 부럽기도 하다. 나는 그렇지 못하기 때문이다.

네 번째 신문사 논설위원을 하고 있다. 먼저 있던 서울신문에서 세 차례. 이곳 파이낸셜뉴스에는 지난해 10월부터 논설위원으로 몸담고 있다. 내 지론은 글을 쉽게 쓰자는 것이다. 그때나 지금이나 다를 바 없다. 가급적 우리말을, 그것도 쉬운 말을 골라 쓰려고 한다. 사설은 물론 개인 칼럼에서도 이 원칙을 지킨다. 그러다보니 너무 밋밋하다는 얘기도 듣는다. 남들처럼 화려한 문장, 수식어를 써볼까 생각도 해본다. 그러나 오랫동안 쓰지 않았고, 지금의 문체에 길들여져 있어 금방 포기하고 만다.

짧은 글을 쓰는 까닭에 글쓰기를 건너뛴 날은 거의 없다. 소재 또한 일상에서 찾으므로 고민하지도 않는다. 매일 글을 올릴 수 있는 이유다. 혹자는 '일기'를 쓰느냐고 힐난한다. 정확히 내 심중을 읽었다고 할 수 있다. '일기' 형식으로 에세이를 쓰고 있다. 분량도 거의 똑같다. 200자 원고지 3.3장 안팎이다. 지금 쓰고 있는 일곱 번째 에세이집도 기다려진다.

43
죽어서도 차별 있어서야

상가에 다녀왔다. 늘 그렇듯이 서울아산병원 장례식장. 거의 넷 중 하나다. 아산병원, 삼성병원, 서울대병원, 세브란스병원. 조금은 씁쓸하다. 죽어서도 신분이 가려지는 것 같아서다. 장례식장은 둘 중 하나로 선택된다. 돌아가신 분이 유명하든지, 자식이 잘 됐든지. 조화도 즐비하다.

오늘 상가도 그랬다. 호형호제하며 지내는 검찰 고위 간부 아버지가 돌아가셨다. 회사에서 일찍 들어와 저녁을 먹고 장례식장으로 향했다. 넥타이와 옷을 갈아입어야 했기 때문이다. 먼저 분향소에 들러 참배를 하고 상주께 인사를 했다. 반갑게 맞이한다. 고인은 88세. 호상이라 할 만했다. 빈소로 이동했다. 검찰을 출입하면서 알고 지내는 분들이 많았다. 이름을 한 명 한 명 거론할 수 없을 정도로 쟁쟁한 분들이다. 검찰을 움직이는 분들이기에 더욱 그랬다. 나도 큰 환영을 받았다. 만 12년 가까이 출입했으니, 그들과 한 식구라고 해도 과언이 아니다.

검찰과 폭탄주는 불가분의 관계다. 나도 여러 잔 마셨다. 물론 몇 잔 제조하기도 했다. 자의 반 타의 반. 현직에 있는 검사들은 후배들이 많다. 내 또래가 고검장을 하고 있으니 세월을 탓할 수도 없다. 대리운전을 불렀다. "교수님 같으신데요." 대리기사와 말을 주고받으며 집까지 왔다. 그렇게 또 하루가 지나갔다.

44
자존심 단상

"자존심도 없느냐", "자존심은 어디다 놔두고 그딴 짓을 하느냐." 주위에서 흔히 듣는 말이다. 상대방에게 불만이 있을 때 내뱉는다. 자기중심으로 생각해서 그런 말을 한다. 다른 사람을 배려하지 않음은 물론이다. 당하는 입장에선 기분이 좋을 리 없다. 인격을 모독당한 느낌이 들기 때문이다. 말을 가려서 해야 할 이유다. 말은 한 번 토해내면 주워 담기 어렵다.

얼마 전 회사로 찾아온 독자들과 이런저런 얘기 끝에 '자존심'이 나왔다. '남에게 굽히지 않고 스스로 높이는 마음'. 국어사전엔 이렇게 설명하고 있다. 영어론 '프라이드'다. 나는 고집과도 상통한다고 본다. 고집보다 조금 고상한 말이랄까. "고집을 부리다"라고 한다면, "자존심을 세운다"라고 한다. 자존심은 고집의 높임말쯤으로 보면 될 듯하다. 어쨌든 고집이든 자존심이든 자주 쓰면 좋지 않다. 괜히 실없는 사람으로 비쳐질 수도 있다.

내가 생각하는 자존심의 개념은 사전적 의미와 다르다. 나는 '가슴 속 깊이 숨겨둔 것'이라고 정의를 내리고 싶다. 누구에게 보여서도 안 된다. 자주 꺼내지 말라는 얘기다. 그렇다면 나는 어떨까. 남들에겐 어떻게 비쳤는지 몰라도 그것을 함부로 사용해본 적이 없다. 진짜 자존심이 없다는 얘기를 들은 것 같다. 내가 '바보'를 자처하는 이유이기도 하다. 나대로의 삶을 계속 살아갈 참이다.

45
이참에 집도 바꿨으면…

나는 정말 바꾸는 것을 싫어한다. 서울 당산동 집은 1992년부터 살고 있다. 1987년 결혼해서 딱 한 번 옮겼다. 영등포 토박이보다 더 오래 살았다고 할 수 있다. 터줏대감인 셈이다. 자동차는 두 번째 바꿨다. 2000년, 2010년에 각각 바꿨다. 모두 10년씩 탔다. 지금 타고 있는 차도 2020년에나 바꿀지 모르겠다. 이재(理財)에 어둡고, 유행에 민감하지 않기 때문이다. 나만 그런 것이 아니라 아내도 마찬가지다. 그래서 부부는 닮는다고 했는가보다.

스마트폰을 바꿨다. 내 생전 처음 새 기종을 써본다. 그동안 써온 휴대폰은 동서가 쓰다가 준 것이다. 내가 워낙 기계를 바꾸지 않으니까 "형님 쓰시라"고 줬다. 맨 처음 나온 모델이다. 그 같은 모델을 쓰는 사람은 드물다. 가끔 다운되기도 한다. 아들 녀석이 성화였다. "아빠, 전화번호 날아가면 어떻게 하려고 해. 휴대폰 바꿔." 사실 휴대폰의 생명은 전화번호다. 요즘은 일일이 적지 않고 휴대폰에 저장해 둔다. 편리한 세상이 됐다.

기껏 전화 통화하고, 메시지 주고받고, 카카오톡, 페이스북을 한다. 새 기종은 이전 것보다 훨씬 빠르다. 새로 바꾸니까 기분은 좋다. 그래서 매번 새것을 찾는 것 같다. 솔직히 집도 바꾸고 싶다. 그런데 능력이 되지 않는다. 비, 바람만 피할 수 있으면 안분자족(安分自足)이 따로 없으리라.

46
장인을 생각하는 하루

장인 제삿날이다. 음력으로 3월 15일. 돌아가신 지 만 20년 됐다. 제사는 사위인 내가 모신다. 처남이 없고, 맏사위이기 때문이다. 1993년 5월에 돌아가셨다. 간암 진단을 받고 고향인 원주에서 요양하시다 악화돼 서울로 모셔왔다. 함께 지낸 시간은 두세 달쯤 된다. 내 나이 34세 때, 아들 녀석은 여섯 살 때였다. 지금은 상상이 안 가지만, 아파트에서 상을 치렀다. 장인의 뜻을 따랐다.

생각건대 장인의 사위, 손주 사랑이 대단했던 것 같다. 1987년 11월 결혼 이후 그랬다. 우리를 지극히 보살펴 주었다. 장인은 조기 퇴직한 상태였다. 특히 아들 녀석은 장인과 장모님이 키워주시다시피 했다. 때문인지 장인의 임종도 손주인 아들 녀석이 지켜봤다. "아빠, 할아버지 숨 안 쉬어." 안방 침대 위에서 할아버지와 함께 있던 녀석이 울면서 거실로 나왔다. 나를 포함한 친척들은 마지막 순간은 못 뵈었던 것이다.

세월이 참 빠르다. 녀석은 이제 어른이 됐다. 군 제대 후 복학해서 대학 4학년이다. 나도 중년의 문턱을 넘었다. 장모님을 모시고 네 식구가 별탈 없이 사는 것만으로도 감사하고 있다. 아프지만 않으면 된다. 하루 세 끼 먹고 사는 것은 똑같다. 우선 몸과 마음이 편해야 한다. 아무리 돈이 많다 한들 건강이 뒷받침되지 않으면 소용없다. 돌아가신 장인이 더 생각나는 제삿날 새벽이다.

넓적부리도요새 ⓒ김연수

47
기자는 천직

만 27년째 신문기자로 살아오고 있다. 물론 중간에 8개월의 공백기가 있었다. 지난해 2월 서울신문 사장에 도전했다가 실패한 뒤 펜을 놨었다. 다시 파이낸셜뉴스에 들어와 글을 쓰고 있으니 더 이상의 행복은 없다. 게다가 주 1회씩 대학에 출강도 하고 있어 바쁘게 보내고 있다. 투잡의 기쁨을 누린다고 할까.

서울신문엔 1986년 12월 입사했다. 당시 KBS엔 PD로 합격했었다. 어렵다는 언론고시에 두 군데 합격했으니 부러움도 살 만했다. 결국 기자직을 선택해 오늘에 이르렀다. 누군가 묻는다. “정말 후회 없느냐”고. “그렇다”고 대답한다. 역사의 현장은 기자 아니곤 지켜보기 어렵다. 그 한복판에 서 있었다고 할 수 있다. 대검중앙수사부 간판이 내려지는 것을 보면서 착잡함을 금할 수 없었다. 나 역시 정이 들대로 들었기 때문이다. 기자에게 중수부는 최고의 취재원이었다. 굵직한 사건을 도맡아 처리했으니 기사도 많이 나왔다. 기자에게 기사는 영원히 목마른 존재다.

오후에 신문을 보다가 눈에 띄는 기사를 발견했다. ‘미 최악의 직업은 신문기자’. 주요 직업 200개를 조사한 결과란다. 신문기자는 온라인 뉴스와의 경쟁 등으로 전망이 불투명하다는 것. 연봉도 최하위권이다. 우리나라도 별반 다르지 않다. 그래도 기자는 나에게 천직이다.

48
국회의원 안철수

내 글의 주인공은 사람이다. 그 대상이 한 명이 될 수도 있고, 수십, 수백 명이 될 수도 있다. 모든 글마다 사람이 등장한다. 지금까지 1천여 편의 장편(掌篇)을 썼으므로 적어도 수천 명은 데뷔시킨 셈이다. 물론의 당사자의 허락을 받고 쓴 것은 아니다. 때론 항의 아닌 항의를 받은 적도 있다. "왜 나는 안 써줘." 그럴 때마다 하는 말이 있다. "나에게 감동을 줘야 써주지." 아무리 짧게 쓰는 글이라도 그냥 쓸 수는 없기 때문이다.

정치 분야 사설과 칼럼을 주로 쓰지만, 그쪽에서 만난 사람들은 여기서는 언급을 거의 하지 않는다. 인간적인 냄새를 맡지 못해서다. 정치를 하면 사람이 변하는 걸까. 내가 정치와 일정한 거리를 두는 이유이기도 하다. 두어 차례 정치 입문을 권유받은 적이 있다. 솔직히 마음이 흔들리기도 했다. 그러나 지금처럼 살아온 게 현명한 판단이었다고 생각한다. 앞으로도 글 쓰고, 강의하고 살 참이다.

안철수 교수가 국회의원에 당선됐다. 축하할 일이다. 그의 정치 인생은 이제 시작됐다고 볼 수 있다. 지난해 대통령 선거 출마, 중도 사퇴, 미국행은 본 게임이 아니었다. 그 자신도 꿈만 같을 게다. 정치는 그렇게 하는 것이 아니다. 한 계단씩 밟아 올라가야 한다. 초선 안철수가 던지는 메시지는 결코 작지 않다. 우리 정치사의 한 페이지를 장식할지도 모른다. 그에게 기대를 걸어본다.

49
백수 선후배

귀한 손님과 점심을 함께 했다. 동네 사우나에서 내 머리를 다듬어준 이발사다. 한 달 전쯤 사우나가 문을 닫는 바람에 지금은 실직 상태다. 일자리를 알아보고 있는데 쉽지 않다고 한다. 월급쟁이 이발사로도 들어갈 수 없다고 했다. 남자 이발사의 수요가 적기 때문이다. 요즘은 남자들도 대부분 미용실을 이용한다. 사우나나 이발소에서 컷트하는 사람이 드물 정도다.

사우나 이발사들은 대부분 자영업자다. 보증금을 내고 혼자 하는 경우가 많다. 요금은 만 원 안팎. 많이 깎을수록 수입은 늘어난다. 그 이발사도 그랬다. 40대 후반, 매우 친절했다. 무엇보다 이발 솜씨가 뛰어났다. 단골이 많은 이유였다. 사우나가 갑자기 부도나 별다른 대책을 세우지 못했다고 했다. 얼마나 막막하겠는가. 20여일 전쯤 내가 먼저 전화를 해서 점심을 한 적이 있다. 그랬더니 이번엔 그분이 점심을 하자고 했다. 회사 근처 허름한 돈가스 집으로 갔다. 행여 계산을 미리 할까봐 그랬다. 아니나 다를까 점심을 먹는 도중 그가 계산을 했다.

이런 저런 얘기를 나눴다. 때가 있다는 얘기를 했다. 조급해하지 말라는 주문도 곁들였다. 8개월간 백수생활을 했던 내 경험도 털어놨다. 그 친구는 일주일에 세 번 헬스클럽에 나가 운동하고, 두 번 등산한다고 했다. 하루빨리 자리 잡기를 빈다.

50

만남의 철학

"온라인에서 알게 된 사람까지 만나니?" 얼마 전 지녁을 함께 한 고등학교 친구의 얘기다. 페이스북이나 카페, 블로그에서 소통한 사람들까지 밖에서 만나느냐고 물어본 것이다. 내 대답은 말할 것도 없다. "그럼, 만나지." 친구는 다소 의아한 듯 나를 바라본다. 말처럼 쉽지 않아서 그럴 게다. 하지만 나에겐 원칙이 있다. 어떤 사람과도 만나 인연을 이어가는 것. 아름답기에 그렇다.

기자 생활을 하다보면 수없이 많은 사람들을 만난다. 대통령부터 가장 밑바닥 인생까지. 모두 소중한 사람들이다. 무엇보다 사람을 차별해선 안 된다. 지위고하를 막론하고 평등해야 한다. 상대방의 제의에 내가 먼저 거절한 적은 한 번도 없다. 물론 내가 먼저 만나자고 하는 적이 많지만. 만남을 제의했다가 거절당한 기억 역시 없다. 알고 보면 모든 사람들이 열린 마음을 갖고 있기 때문이다. 전화, 메시지, 댓글, 메일로 소식을 전해주는 분들이 고맙다.

대리기사를 불러 집에 온 적이 있다. 충남 공주가 고향인 분이었다. 58년 개띠. 나보다 두 살 위였다. 같은 충남 출신이라서 그런지 정이 갔다. 그분도 투잡을 하고 있었다. 집에 거의 이를 즈음 아들 녀석에게 『사람풍경 세상풍경』 책을 한 권 가지고 내려오라고 했다. 사인을 해서 그 분께 드렸다. 녀석은 조금 볼멘소리다. "아빠는 아무한테나 책을 줘." '아무'가 아니라고 녀석을 나무랐다.

2

세상은 따뜻하다

51 두 행사가 겹치던 날

두 가지 큰 일이 있었다. 장모님 생신과 '오오회' 모임. 둘 다 저녁 시간에 약속이 잡혔다. 오오회 모임은 광주에서 갖기로 했다. 광주엔 결국 내려갈 수 없었다. 장모님은 올해 77세. 모시고 산 지 만 20년이 넘었다. 생신 때마다 가족끼리 오붓하게 외식을 한다. 식구라야 나까지 네 명. 아내, 아들, 장모님과 함께 움직인다. 파주 헤이리 '프로방스'로 갔다. 제법 이름난 레스토랑이다.

나는 봉골레 스파게티와 샐러드를 시켰다. 나머지는 스테이크. 맛집으로 소문난 만큼 일류 호텔 못지않다. 물론 가격은 훨씬 저렴하다. 장모님이 맛있게 잡수신다. 오래 전부터 아내에게 이 레스토랑 얘기를 했단다. 그래서 달리 고민하지 않아도 됐다. 장모님은 다리가 불편해 외출을 거의 못하신 지 만 4년 됐다. 집에만 계시니까 얼마나 답답하겠는가. 그런 줄 알면서도 자주 바람을 쐬어드리지 못한다. 이처럼 사람 노릇 하는 게 쉽지 않다.

일찍 취침했다가 조금 전 눈을 떠보니 부재중 전화 세 통이 있다. 오오회 식구 두 명이 걸어온 것. 한 잔씩 걸치고 전화를 한 게 틀림없다. 광주 KBS 총국장으로 간 친구가 우리를 초대했던 것. 오오회는 모두 다섯 명. 당초 여섯 명에서 한 명이 빠졌다. 2000년대 초 청와대를 출입할 때 만든 모임이다. 바로 메시지를 보냈다. '아뿔사. 전화라도 한 번 한다는 게 깜박했네. 못 내려가 아쉬워.'

52
위생교육을 받다

기자가 웬 위생교육. 아침 9시부터 오후 4시까지 교육을 받고 수료증을 챙겼다. 장소는 종로5가 기독교회관. 한국외식업중앙회 중앙교육원이다. 일주일에 월, 수, 금 받는다고 했다. 1년에 146차례. 나는 47기였다. 269명 속에 끼어 교육을 받았다. 여자분들이 남자보다 많았다. 음식점 창업을 했거나, 준비하고 있는 분들이었다. 나이는 20대부터 60대까지 다양해 보였다.

가장 쉽게 생각하는 것이 음식점이다. 별다른 경험이나 기술 없이도 창업이 가능하기 때문이다. 조기 퇴직자나 정년 퇴직자들이 많이 생각한다. 현찰 장사이기 때문에 잘만 되면 돈도 벌 수 있다. 그러나 생각처럼 쉽지 않은 것이 또한 음식점 영업이다. 열 명이 창업했다 치자. 몇 명이나 성공할 수 있을까. 한두 명 정도 성공할 수 있을지 모른다. 대부분 일이 년 안에 문을 닫거나 업종을 바꾸는 경우를 흔히 본다. 재미를 보지 못해서 그럴 게다. 다행히 경기가 바닥을 쳤다고 설명한다. 위생교육을 받는 사람이 늘었다는 게 증거다. 자영업자들에겐 희망 섞인 소식이다.

내가 창업하려고 위생교육을 받은 것은 아니다. 그럴 만한 사정이 생겼다. 지인을 도와주기 위해서다. 직접 경영을 하거나 영업을 하지 않지만 측면에서 간접적으로 지원할 계획이다. 지인이 성공했으면 한다.

53
커피에 취하다

새벽에 눈을 뜨자마자 찾는 게 있다. 커피다. 언제부턴가 친구가 됐다. 원두커피도 아니다. 일회용 봉지 커피, 이른바 다방 커피다. 그것의 맛에 흠뻑 빠져 있다. 혼자서 마시는 커피, 그윽하다. 여러 가지 생각을 한다. 나에겐 하루의 시작을 알리는 청량제다. 우선 만나기로 한 사람들을 떠올린다. 거의 매일 점심 약속을 하는 편이어서 다양한 얼굴들이 스쳐 지나간다. 소중한 친구들이다.

아침 식사를 하고 집에서 커피를 한 잔 더 마신다. 오전 7시 30분~8시 사이에 출근한다. 회사에 도착하자마자 커피를 탄다. 세 잔째다. 8시 30분 논설위원실 회의를 한다. 그날 사설 및 칼럼 필자를 정한다. 점심시간 전에 또 한두 잔의 커피를 마신다. 오전에 마시는 커피만 대략 네다섯 잔. 점심을 먹고 나서 빠질 리 없다. 애연가들이 담배를 피우는 것과 똑같다. 퇴근하기 전까지 한두 잔 정도 더 마시는 것 같다. 하루를 계산하면 평균 일곱 잔 내외. 모두 봉지 커피. 분명 적게 마시는 양이 아닐 터다.

집에서는 특히 아들 녀석이 성화다. "아빠, 커피 좀 그만 마셔." 설탕을 많이 먹게 되면 당뇨병에 걸릴 수 있다는 게 이유다. 직접 연관이 있는지는 모르겠다. 그러나 설탕을 많이 먹어 좋을 리는 없을 것이다. 줄이려고 노력하지만, 잘 되지 않는다. 하루 한두 잔은 줄여볼 요량이다. 습관처럼 무서운 병도 없다.

54
페친들과의 만남은 항상 설렌다

만남은 항상 기다려진다. 만나서도 좋지만, 만날 때까지가 더 좋다. 만남에 의미를 부여하고 소중히 여기는 까닭이랄까. 내일은 페친 세 분과 만나기로 했다. 모두 초면은 아니다. 한두 번 이상 만난 적이 있다. 물론 나까지 네 명이 만나는 것은 처음이다. 내가 먼저 초대했다. 20여일 전쯤 약속을 잡은 것 같다. 세 분 모두 초대에 흔쾌히 응했다. 두 분은 친구 사이로 서울 경동고 동기동창. 55년생으로 나보단 다섯 살 위다. 한 분은 나를 인터뷰한 '사람인' 여사원으로 20대다.

여기에 한 분을 더 초대했다. 가장 최근에 '페친'이 된 분이다. 우리가 만나기로 한 종로 르메이에르 빌딩 근처에 사무실이 있었다. 합류해도 좋을 것 같은 예감이 들었다. 그래서 메시지를 보냈다. 얼마 후 그분에게서 답장이 왔다. "예, 초청해주시니 감사합니다. 한번 시간 만들어 보겠습니다. 화요일에 전화 드리겠습니다. 감사합니다." 설렘을 더해준다.

내게 화요일은 여유가 있다. 대구 대경대에 가서 강의하고 오후 3시 31분이면 서울역에 도착한다. 종로에 있는 내 개인사무실에서 만났다가 식당으로 옮길 참이다. 메뉴도 생각해 놨다. 삼겹살에 생태찌개. 소주와 곁들이면 그만이다. 내가 1986년 12월 입사 후 단골로 다니는 집이다. 벌써부터 입맛이 돋는다.

55
수습기자와의 첫 대면

수습기자가 여덟 명 들어왔다. 청운의 꿈을 안고 신문사 문턱을 두드렸을 터다. 언론사 입사는 지금도 여전히 어렵다. 그래서 '언론고시'라고 한다. 인기가 시들할 만도 한데 준비생이 많단다. 언론사와 사주 입장에선 환영할 만한 현상이다. 좋은 인재를 골라서 뽑을 수 있기 때문이다. 내가 입사하던 1986년도가 생각났다. 그때도 언론사를 몰려다니며 시험을 치곤 했다.

일요일 기사 마감을 하고 수습기자들과 얘기를 나눴다. 여자가 다섯 명, 남자가 세 명이다. 여자들의 성적이 우수한 까닭이다. 일단 시험 성적만으론 여자들이 훨씬 낫다. 비단 언론사뿐만이 아니다. 판검사 임용 비율도 여자들이 높다. 20~30년 전엔 사뭇 달랐다. 언론사의 경우 열 명 뽑으면 여자가 한두 명 될까 말까 했다. 없는 때도 많았다. 서울신문 입사 동기 가운데도 여자는 없다. 요즘은 남자가 더 우대받는다. 드물어서 그렇다.

수습기자들의 눈빛이 빛난다. 의욕에 차 보였다. 그들은 희망으로 벅차오를 것이다. 6개월가량 수습기간을 거친다. 이 부서, 저 부서 옮겨 다니며 경험을 쌓는다. 도제교육이 확실한 데가 신문사다. 그럼에도 친절과는 거리가 멀다. 자기 스스로 배우고 터득해야 한다. 누가 손에 쥐어주지는 않는다. 한 명도 낙오 없이 교육을 잘 받고 훌륭한 기자로 성공했으면 하는 바람이다.

56
새벽을 여는 사람들

새벽부터 하루를 시작하는 사람들이 의외로 많다. 첫 지하철에도 빈자리가 없을 정도다. 잠이 덜 깨 하품을 하는 이들도 더러 본다. 젊은이보다는 나이 드신 분들이 많다. 일하러 나가는 분들이다. 주로 경비원이나 청소 용역 등을 하실 게다. 사회에선 어떻게 볼지 몰라도 꼭 필요한 분들이다. 남들이 기피하는 일들을 하기 때문이다. 월급이 많을 리도 없을 텐데 의무감으로 일을 한다고 볼 수 있다. 그분들께 감사해야 한다.

아마도 가장 먼저 새벽을 여는 사람들은 신문배달부일 것이다. 그분들은 2시 30분에서 3시 전후로 기상하지 않나 싶다. 독자들에게 상쾌한 아침을 선사한다. 일찍 일어나는 나도 신문과 벗이 됐다. 기자이기 때문에 더욱 그럴지도 모른다. 현관 밖에서 '퉁'하는 소리가 들린다. 신문을 던지고 가는 소리다. 정확히 3시 35분에 신문을 집어왔다. 매일 이 시간쯤 배달된다. 아무튼 고맙다.

신문은 헤드라인을 주로 본다. 뉴스를 많이 접하니까 그것만 봐도 대충 내용을 알 수 있다. 가장 꼼꼼히 읽는 분야는 오피니언 페이지. 그중에서도 인사와 부음란은 반드시 챙긴다. 지인들과 희로애락을 같이하기 위해서다. 아침 일찍 전화를 하거나 문자를 주고받는다. 나도 상대방도 기분이 좋다. 가까운 사람일수록 더 챙겨야 한다. 내가 솔선수범하는 것이 첫째다.

57
페친 135명

페이스북 친구들과 소통을 한다. 지금 시간도 그렇다. 한 번도 얼굴을 보지 못한 친구가 많다. 온라인상에서만 친구로 지내는 것이다. 친구의 수가 나와 있다. 수천 명이 되면 부럽기도 하다. 어떻게 그 많은 친구들을 사귀었을까. 하지만 많다고 전부는 아닌 것 같다. 처음 만나 인사를 나눈 페친이 메일을 보내왔다. 페이스북의 친구에 관한 것.

영국 심리학자 로빈 던바(Robin Dunbar)의 분석이 재미있다. 크리스마스카드를 주고받는, 형성된 인간관계 수에 대해 연구하여 논문을 발표했다. 사람이 의미 있는 인간관계를 형성할 수 있는 수가 보통 약 100~230명 정도란다. 일반적으로 150명을 '던바의 수(Dunbar number)'라고 칭한다는 것. 일리 있는 분석 같기도 하다. 그래서 Path와 같은 social media에서는 친구 최대수를 150명으로 한정하는 앱이 나왔다고 한다. 친구 수가 너무 많으면 관계하는 데 무리가 있다는 설명이다. 페이스북에서는 125~135명 정도의 친구를 가진 사람이 최고의 만족도를 나타나고, 이보다 많아지면 만족도가 줄어든다는 연구도 있다. 고개가 끄덕여진다.

나도 현재 친구가 1,212명이다. 그런데 자주 소통하는 친구는 대략 100명 안팎인 듯하다. 그들에게 최선을 다하려고 한다. 메일을 받고 보니 더욱 그런 생각이 든다.

58
외모지상주의

사람이 이성에 대해 관심을 갖는 것은 당연하다. 조물주가 그렇게 만들었다. 남자는 여자를, 여자는 남자를 밝힌다고 할까. 정도의 차이만 있을 뿐이다. "난 아니야" 하는 사람이 있다면 거짓말을 하는 것이다. 때론 솔직해질 필요가 있다는 얘기다. 대화의 소재 역시 이성이 가장 많다. 흥미진진하기 때문에 그럴 게다. 강연에서도 남녀 얘기를 하면 조는 사람이 적다.

얼마 전에 지인들과 저녁을 했다. 아주 점잖은 분들이다. 그들과 만나면 세상 돌아가는 얘기를 주로 나눈다. 당연히 딱딱하다. 포도주를 곁들여 식사를 했다. 우연찮게 여자 얘기가 나왔다. 그날은 내가 먼저 꺼냈다. 그랬더니 똑같은 질문이 쏟아진다. "예쁘냐"고. 남자가 여자를 보는 눈은 다르지 않다. 먼저 외모를 보는 것. 그것만큼은 나이와 상관없다. 학생들에게도 물어봤다. "남자가 여자를 만났다고 하면 무엇을 제일 먼저 물어보겠습니까?" "예쁘냐"라는 답이 나왔다.

그렇다면 여자들은 어떨가. 그들 역시 남자와 다르지 않다. 남자를 만났다고 하면 "잘 생겼느냐"고 먼저 묻는단다. "괜찮냐"고 묻는 것도 판단 기준은 외모다. 우리나라에서 성형이 유행하는 이유인지도 모르겠다. 요즘은 남자들도 성형외과의 주 고객이란다. 身體髮膚受之父母라 했거늘.

59
선물도 습관처럼

선물은 마음의 징표다. 크든 작든 기쁨을 준다. 받는 사람은 물론이고 주는 사람 역시 좋다. 오고가는 정이랄까. 밥을 사는 것도 그렇다. 얻어먹는 사람도 좋지만, 사는 사람은 더 좋다. 내가 강의 때마다 강조하는 대목이다. "밥 사는 기자가 되라." "밥 사는 공무원이 돼라." "밥 사는 사람이 돼라." 더러 뜨끔한 사람도 있을 터다. 정 반대로 살아온 사람이 있을 테니까.

페친들을 내 사무실로 초대한 적이 있다. 그냥 저녁이나 먹으면서 얘기를 하자는 취지였다. 한 분이 먼저 도착했다. 그런데 무엇을 싸들고 왔다. 내가 좋아하는 일회용 봉지 커피였다. 각각 다른 세 개의 박스가 있었다. 그래서 물어봤다. "위원님이 커피를 좋아하신다고 해서." 페이스북에서 내 글을 봤던 것이다. 잠시 후 또 한 분이 오셨다. 대학에서 디자인을 전공하신 분이다. 자신이 직접 설계해 만든 벽시계를 가져오셨다. 심플했지만 특색이 있었다. 졸지에 선물을 두 개나 챙긴 격이 됐다.

옛 어른들은 말했다. "남의 집에 처음 갈 때는 빈손으로 가지 말라." 많은 사람들이 이를 실천하고 있다. 최소한의 성의 표시로 볼 수 있다. 대학 기숙사에 있는 조카 녀석도 큰집인 우리 집에 올 때는 그냥 오지 않는다. 먹을 것을 꼭 사 가지고 온다. 말려도 말을 듣지 않는다. 선물하는 습관은 나쁘지 않다.

60
'일목회'에 처음 얼굴 내민 날

여의도에 온 지 반 6개월 넘었다. 정도 들었다. 우선 집에서 가깝다. 영등포구청역에서 지하철을 타면 세 정거장이다. 집 안방에서 나와 회사 사무실까지 20~25분이면 족하다. 지하철을 타는 시간은 정확히 8분이다. 통근 거리로는 최고다. 아내도 말한다. 근무 여건이 최고라고. 주 5일 근무하니 그럴 만도 하다. 아쉬운 점은 있다. 급여다. 월급까지 많이 기대하면 욕심일까.

여의도에 근무하는 고교 동기들이 여럿 있다. 이름하여 '일목회'다. 매달 첫째 주 목요일에 만난다고 해서 이름을 붙인 것 같다. 나는 늦게 참여해 전후사정은 잘 모른다. 오늘 처음 자리에 갔다. 친구들에게도 미안하다. 6개월이 넘었는데 처음 참석했으니. 모두 아홉 명이 모였다. 우연인지는 몰라도 내가 졸업한 3학년 8반이 네 명, 12반 네 명, 11반 한 명이었다. 금융권에 종사하는 친구들이 많다. 임원, 지점장 등으로 있다. 기자는 나 한 명.

친구들은 언제 만나도 반갑다. 아홉 명 가운데 두 명은 고교 졸업 후 처음 만났다. 1979년도에 졸업했으니 34년 만에 만난 셈이다. 그 당시의 얼굴 윤곽은 또렷했다. 그런데 길거리에서 만나면 몰라봤을 것이다. 세월엔 장사가 없기 때문이다. 점심을 먹으면서 폭탄주도 여러 잔 했다. 더 이상 무엇을 바라랴.

61
인사가 만사라지만

한 지인이 최근 인사(人事)에서 한직으로 발령났다. 승승장구해온 그였기에 받아들이기 힘들었을 터다. 직장인, 월급쟁이에게 인사는 전부라고도 할 수 있다. 승진, 또는 수평 이동을 한다. 더러 좌천되는 경우도 있다. 이른바 '꽃보직'을 선호한다. 그 자리에 가면 다음이 보장되기 때문이다. 그래서 이런 저런 연줄을 댄다. 인사 로비를 한다고 할까. 권력기관이랄 수 있는 검찰과 경찰에 특히 심하다.

지인이 메시지를 보내왔다. 감내하기 힘들다고 했다. 스포트라이트를 받다가 불이 꺼졌으니 그럴 법도 하다. 나에게 자문을 구한다. "이제부턴 나와의 싸움입니다. 우선 마음을 추슬러야 돼요. 모든 사람을 용서하기 바랍니다. 그래야 내 마음이 편해지거든요. 원망은 마음의 적입니다." 그에게 조금의 위안이라도 되었는지 모르겠다. 그 입장이 안 되면 잘 모른다. 내가 겪은 얘기도 들려줬다. 나 역시 쓰라린 경험이 있다. '펜'을 빼앗겼을 때다.

기자에게 무기는 펜이다. 기자는 글을 쓸 때 진정한 가치를 발휘한다. 2009년 법조大기자로 있다가 업무직으로 발령났었다. 그래도 한마디 불평을 하지 않았다. 오히려 글을 쓰는 데 더 매진했다. 그 결과가 지금의 에세이집 여섯 권으로 나오게 된 것이다. 얼마든지 전화위복의 계기로 만들 수 있다. 자기와의 싸움에서 이길 수만 있다면.

62
잘 나가는 기준은 뭘까

'내가 제일 잘 나가.' 이런 노래가사도 있다. 통상적으로 '잘 나간다'는 말을 많이 쓴다. 돈 좀 벌었거나, 출세한 사람들에게 쓰기도 한다. "걔 요즘 잘 나간대." 그들은 부러움의 대상이 된다. 그러나 내 판단은 조금 다르다. 돈이 많거나 출세하는 게 중요한 게 아니다. 자기 분수에 맞게 살면 된다. 그렇다고 너무 인색해서도 안 되고, 허풍을 떨어서도 안 된다. 있는 그대로 살라는 얘기다.

요즘 나는 행복하다. 쉰 넷 평생에서 가장 만족하고 있다. 무엇보다 욕심을 버렸다. 마음도 완전히 비웠다. 그러고 나니까 무척 홀가분하다. 겁날 것도, 부러운 것도 없다. 누구나 하루 세 끼 먹고 산다. 나도 다르지 않다. 돈이 많은 것도 아니다. 찾아오는 이들과 따뜻한 차 한 잔, 밥 한 끼, 소주 한 잔 같이 나눌 정도면 충분하다. 우선 마음에 여유가 있어야 한다. 그래야 사람들을 즐겁게 만날 수 있다.

오늘도 회사로 찾아온 후배들과 점심을 했다. 시래기 밥으로 때웠다. 제육볶음이 함께 나온다. 된장에 비벼먹는 맛이 일품이다. 비싸지 않아도 만족도가 높다. 커피숍에 들러 아메리카노를 마신다. 식후 커피는 보약이라고 했던가. 헤어질 때가 됐다. 내친 김에 다음 약속도 잡았다. 시내에서 만나 소주 한 잔 하기로 했다. 무엇이 부러우랴.

대백로 ⓒ김연수

63

세상은 따뜻하다

페친들은 참 따뜻하다. 한 지인의 인사(人事) 사연을 담아 페이스북에 글을 올렸다. 많은 분들이 격려를 해주었다. 지인도 아마 그 같은 메시지를 봤을 것이다. 조금의 위안이라도 되지 않았을까. 여러 가지 해법을 제시해 주었다. 결론적으로 말하면 지금은 어렵지만, 얼마든지 회복할 수 있다는 것. 나 역시 같은 생각이다.

'불평하지는 않지만 정말로 힘듭니다. 지인을 만나는 것도 싫고요. 다만 움츠러들지 마시고 활개치고 나가시기 바랍니다. 아울러 편안한 장소에서 편한 맘으로 편한 분들을 만나시기 바랍니다. 스트레스는 금물이랍니다.' '전 등소평 평전을 읽었습니다. 운명을 거스를 수는 없죠. 비우려 노력하다 보면 채워질 거라 확신합니다. 좋은 시간이라 생각하시면 어떨는지.' '자신을 이기는 사람이 세상을 이기는 법이지요.' '화려한 스포트라이트일수록 불 꺼진 뒤 무대의 공허함이란 표현할 수가 없을 것입니다. 다시 화려한 불빛은 아닐지라도 잔잔하고 은은한 빛을 발하실 수 있으시기를 바랍니다.' '돌고 도는 게 삶이지요. 조금만 내려놓으면 아무것도 아닌데.'

내 일처럼 관심을 보여주신다. 무엇보다 메시지 속에 진심이 담겨 있다. 남의 아픔을 헤아려주는 미덕을 실천하고 있는 것이다. 페친들께 감사드린다.

64
"인재 엄마, 오늘 수고했어."

아내와 정말 오랜만에 장거리 드라이브를 했다. 아내가 어지럼증으로 고생을 해 바깥나들이는 거의 생각지 못했다. 승용차는 물론 지하철, 버스, KTX도 오래 타지 못한다. 오죽했으면 명절이나 부모님 제사 때 대전엘 못 내려갔을까. 벌써 2년째다. 때문에 아들 녀석과 둘이서 다녀오곤 했다. 외출이 자유롭지 못한 아내는 더 마음고생을 했을 터다.

"인재 엄마, 충주에 갔다 오자." 내가 먼저 제안을 했다. 전날 사업을 하는 후배와 그곳에서 만나기로 했던 것. 다른 때 같으면 못 간다고 했을 아내가 순순히 따라나섰다. 내비게이션을 찍으니 정확히 113km였다. 올림픽대로-중부고속도로-중부내륙고속도로를 이용했다. 평소엔 밀리지 않는 길이다. 그런데 웬걸, 주차장을 방불케 했다. 감곡IC까지 가는 내내 밀렸다. 무려 세 시간 40분이나 걸렸다. 아내에게는 큰 고역이었다. 그래도 잘 참아주었다.

후배 부부, 또 다른 부부 등 여섯 명과 함께 점심을 먹었다. 농협 정육점에서 소고기를 사면 인근 식당에서 상을 차려준다. 앙성 한우가 제법 유명하다. 시원한 맥주도 한 잔 곁들였다. 식사 후엔 남한강변 커피숍으로 옮겨 정취를 만끽했다. '형님, 오늘 저는 너무 즐거웠습니다.' 서울에 도착하자 후배가 메시지를 보내왔다. 아내에게도 고마웠다. "인재 엄마, 오늘 수고했어."

65
최고의 궁합

우리나라는 지천에 먹을 것이 있다. 특히 산에 많다. 산나물이 그것이다. 독성이 있는 것을 빼곤 모두 먹을 수 있다. 어릴 적 시골에서 자랄 때는 할머니, 할아버지를 따라 산나물을 캐곤 했다. 봄, 이맘때쯤 많이 난다. 종류가 많기에 일일이 기억할 수도 없다. 몇 포대씩 따오기도 했다. 바로 먹기도 하지만, 삶아서 말린다. 월동용으로 준비해 두는 것이다. 선조들의 지혜다.

봄에 먹는 옻순은 최고다. 물론 옻을 타는 사람은 먹을 수 없다. 난 옻 알레르기가 없어 첫 순이 나올 때마다 맛을 본다. 단골로 다니는 음식점 사장님이 연락을 주신다. 올해도 어김없이 연락을 해 오셨다. "옻순 땄으니까 먹으러 와." 오랫동안 이용하다보니 사장님과 누이동생 한다. 마침 회사에 출근하지 않는 일요일어서 갈 수 있었다. 가깝게 지내는 선배에게 연락했다. 그분 역시 옻오리와 옻순을 좋아한다. 내가 집으로 모시러 가겠다고 했다. 저녁 6시 15분쯤 식당에 도착했다.

아침에 따온 옻순이 나왔다. 약간 데쳐서 먹는다. 맛이 상큼하다. 조금 지나면 옻순이 세서 맛이 덜하다. 사장님이 미리 연락을 주신 이유다. 그 집의 밑반찬 역시 최고다. 배추김치는 물론, 알타리무 등 입에 척척 들어붙는다. 자연히 과식을 하게 된다. 그래도 괜찮다. 좋은 음식과 좋은 사람은 최고의 궁합이다.

66
노니주스 아시나요

결혼식 주례를 자주 서는 편이다. 지금까지 열한 번 섰으니 많이 섰다고 할 수 있다. 며칠 후에도 서니까 열두 쌍의 첫 출발을 지켜보는 셈이다. '작은 봉사'로 생각하고 있기에 즐거운 마음으로 식장에 간다. 갈 때는 대중교통을 이용한다. 주로 지하철을 탄다. 혼주들에게 부담을 드리지 않기 위해서다. 주례를 모실 때는 차편까지 제공하기도 한다. 봉사한다면서 불편을 끼쳐서야 되겠는가.

신혼여행을 갔다 오면 신혼부부가 종종 찾아오기도 한다. 그냥 와도 될 텐데 자그마한 선물들을 가져온다. 넥타이가 가장 흔하다. 그들에게서 받은 타이는 가급적 맨다. 정성을 생각해서다. 민속품을 사온 친구도 있다. 아프리카 모리나리로 신혼여행을 갔다 왔는데 그곳의 특산품인 작은 배를 사왔다. 그것을 볼 때마다 그들 부부를 생각한다. 최근 주례를 선 부부에게서는 태국산 노니주스를 선물로 받았다. 깨지기 쉬운 병인데 잘 가지고 와서 전해 주었다. 고맙다.

노니주스를 알 만한 사람은 다 알고 있었다. 과일 주스인 만큼 부작용도 없단다. 남녀노소 다 먹을 수 있다. 효능을 찾아보니 만병통치약이었다. 관절염, 천식, 암, 당뇨병, 통증, 두통, 폐경, 소화기병, 간과 신장 문제 등 아우르는 병이 100여 개가 넘었다. 공복에 소주 반 컵이 적당량이란다. 먹기 전부터 모든 병이 완치된 느낌이다.

67

절약 정신 몸에 배야 한다

큰 집, 큰 차를 좋아하는 사람의 심리는 똑같다. 능력만 된다면 모두 그럴 게다. 집을 줄여가거나 작은 차로 바꿔 타는 사람은 드물다. 거기서 기쁨을 느끼기도 한다. 나 역시 다르지 않다. 승용차의 배기량을 늘려왔다. 지금 타는 차는 배기량 2700cc. 기자 월급에 과분하다고 할 수 있다. 3년 전 큰맘 먹고 차를 바꿨다. 지금까지 주행거리는 2만5,000km에 불과하다.

비행기나 열차도 마찬가지다. 1등석, 비즈니스석, 특실이 훨씬 편하다. 대신 요금은 몇 배까지 차이 난다. 그것을 이용하는 사람은 등급을 낮추기 어렵다. 나도 KTX 특실만 이용하곤 했다. 물론 자주 타지 않을 때다. 요즘은 매주 한 차례씩 대구에 다녀온다. 그때마다 일반실을 이용한다. 편도 요금은 2만 원 차이. 왕복 4만 원이다. 일반실을 한 번 이용할 수 있는 요금이다. 일반실을 타면 왠지 돈을 버는 느낌이 든다.

"국장님, 일반실 타세요?" 먼저 직장에 있던 후배가 의아한 듯 물어봤다. 자초지종을 설명해줬다. 큰 사업을 하는 친구와 부산에 간 적이 있다. 당연히 특실을 끊었으리라 생각했다. 그런데 친구는 일반실을 이용했다. 내가 뒤통수를 한 대 얻어맞은 기분이었다. 절약하는 습관이 몸에 밴 것이었다. 내가 일반실로 바꿔 타게 된 계기다. 오늘도 대구에 내려가는 날이다.

68
'도강 학생'과의 조우

젊은 학생들과 만나는 것이 좋다. 그들에게서 청춘을 느낀다. 매주 화요일이 기다려지는 이유다. 누군가 묻는다. "새벽 일찍 일어나 대구에 내려가는 것이 귀찮지 않느냐"고. 그렇지 않다. 오히려 기쁘다. 일찍 일어나 따로 할 일이 없는데 새벽 기차를 타고 내려가는 즐거움은 아무도 모른다. 때문인지 한 번도 싫증을 느껴본 적이 없다. 여건만 허락한다면 평생 강의를 하고 싶다.

그렇다고 내가 명강의를 한다고 생각하지는 않는다. 그저 살아오면서 겪었던 얘기들을 들려준다. '경험담'이랄까. 교과서에는 없는 소재들이다. 학생들에게 얼마나 도움이 되는지는 그들만 알 것이다. 대신 성실하게 강의에 임하고 있다. 시간 약속은 꼭 지킨다. 나의 생활 철칙이기 때문이다. 지난번 강의에서는 낯선 학생이 한 명 눈에 띄었다. 학생들의 얼굴을 대충 안다. 일일이 이름은 몰라도 눈여겨봐 온 까닭이다.

'도강 학생'이라고 했다. 얼마나 오랜만에 들어보는 말인가. 내 강의를 주위에서 들어보라고 권유해서 들어왔다고 했다. 고맙기 짝이 없다. 그것도 40대 후반으로 보이는 나이 든 만학도다. 그래서 학생들과 함께 박수를 쳐드렸다. 강의가 끝나고 소감을 여쭤봤다. "따뜻한 애기, 솔직히 편했습니다." 내 강의의 포인트를 정확히 짚었다고 할 수 있다. 다음 강의도 그 학생이 또 나타날까.

69 책 사재기 유감

여의도에선 점심을 일찍 먹는다. 보통 11시 20분 전후해 사무실을 나선다. 조금 늦게 나가면 줄을 한참 서든지, 다른 식당으로 가야 한다. 점심 전쟁이랄까. 사무실이 많이 몰려 있다 보니 그런 현상이 빚어진다. 토요일, 일요일에는 매우 한가하다. 문을 열지 않는 식당이 대부분이다.

점심을 먹고 들어와 뉴스 검색을 하다가 눈에 띄는 기사를 발견했다. 한국문단의 거목인 소설가 황석영 씨 작품까지 사재기 파문에 휩싸였다는 것. 놀랄 만한 일이다. 황 씨가 관여했을 것으론 보지 않는다. 그러나 알 만한 사람은 다 안다. 출판사가 물불 가리지 않고 베스트셀러를 만들기 위해 저지른 짓이라는 것을. 한국 출판계의 고질적인 병폐다. 일단 베스트셀러에 올려놓으면 잘 팔린다. 유혹에 넘어가기 쉽다는 얘기다.

인터넷 서점의 횡포도 심하다. 출판사를 은근히 꼬드기기도 한단다. 출판사는 손해 보는 것을 알면서도 사재기를 한다. 인터넷 서점에서 책을 구입하면 일반 서점과 달리 흔적이 안 남는다. 그래서 다시 팔 수도 있다. 이런 점을 이용하는 것이다. 여섯 권의 에세이집을 낸 내가 독자에게 공을 들이는 데는 그럴 만한 이유가 있다. 그들은 진정한 내 팬이라고 할 수 있기 때문이다. 거듭 고마움을 전한다.

70
은근과 끈기

자문자답이라는 말이 있다. 스스로 묻고 답한다는 얘기다. 내가 가장 좋아하는 말이다. 거기에 삶의 지혜, 즉 해법이 있기 때문이다. 자기에게 물어보라. "나는 어떤가?" "나라면 어떻게 할까?" 무슨 일을 하기 전에 꼭 나를 이입시켜봐라. 그러면 의욕이 생기고, 조심하게 된다. 남을 배려하는 마음 역시 솟아난다. 자신감도 생긴다. '무엇이든지 할 수 있다'로 바뀐다. 대신 조바심을 갖거나 서두르면 안 된다.

그 다음은 끈기다. 작심삼일로 그칠 때가 많다. 거창하게 시작하지만 사흘도 안 돼 포기하고 만다. 진득해야 조그만 성취도 이룰 수 있다. 나에게 물어본다. "그렇다면 나는 끈기가 있는가?" "그러려고 노력한다"고 대답한다. 지금 이 시간도 그렇다. 매일 이 시간에 글 쓰는 것도 쉬운 일은 아니다. 그러나 나와의 약속이기 때문에 지킨다. 물론 즐겁다. 괴롭다면 할 수 없다.

『천천히 걷는 자의 행복』이 나온 뒤 일곱 권째 에세이집을 집필 중이라고 밝힌 바 있다. 매일 한두 편씩 쓴다. 계산해보진 않았지만 거의 빠트리지 않은 것 같다. 지금 쓰는 글은 70번째 에세이다. 벌써 이만큼 온 것이다. 210개 정도 쓰면 또 한 권의 에세이집을 선보일 수 있다. 그러기에 쉼 없이 컴퓨터 자판을 두드린다. 새벽 공기가 집안으로 스며드는 듯하다.

71
인간의 두 얼굴

인간에겐 선과 악의 측면이 함께 있다. 어머니 뱃속에서 태어날 땐 모두 선하다. 그러나 커가면서 비뚤어지기 시작한다. 악이 선을 지배하는 것이다. 이런 부류의 사람이 의외로 많다. 내가 성선설보다 성악설을 더 믿는 이유다. 물론 나는 사람의 좋은 점, 착한 면만 보려고 노력한다. 그러다 보니 내 입에서 남을 험담하는 경우는 없다. 아예 나쁜 사람과는 상대하지 않아 그게 가능하다. 그런 사람은 만나지 않으면 된다.

자기와 똑같은 사람은 이 세상에 없다. 또 자기 자신을 믿지 못하는 사람도 없다. 모두 제 잘난 맛에 산다는 얘기다. 그러기에 제 불찰은 보지 못하고 남의 허물만 보게 된다. 어리석은 게 또한 인간이다. 최근 얼굴을 잘 아는 두 명에게서 그런 점을 발견했다. 보고, 듣지 않으려 했지만 내 귀에까지 들어왔다. 장담컨대 둘은 정직하지 못하다. 내 눈에 비친 둘은 불쌍하다.

우선 남을 믿지 못하는 데서 이런 일들이 생긴다. 무조건 남을 믿는 나와 정반대로 산다고 할까. 그래서 나는 '바보'를 자처한다. 하지만 길고 짧은 것은 대봐야 안다. 나에겐 믿음이 있다. 내가 열 번 속으면, 열한 번째는 속이지 못한다고. 인간의 얼굴을 했다면 최소한의 양심은 있는 법이다. 이 글을 쓰는 순간도 마음이 무겁다. 둘의 얼굴의 중첩되기 때문이다.

72
대변인 성추행 유감

기자로서 수치스런 날이다. 같은 기자 출신 청와대 대변인이 성추행 사건에 휘말려 전격 경질됐다. 어떻게 이런 일이 벌어질 수 있을까. 입이 다물어지지 않는다. 그것도 대통령의 첫 미국 방문 수행 중에 그랬다. 청와대 대변인은 대통령의 입이다. 일거수일투족이 주목받을 수밖에 없다. 그런 만큼 언행에 각별히 조심해야 한다. 그런데 성추행을 했으니 무슨 변명으로도 부족하다.

청와대 출입기자 시절 대통령을 따라 외국을 자주 나갔기 때문에 시스템을 잘 안다. 워싱턴의 구조 역시 눈에 선하다. 그때도 인턴들이 수행원과 기자들을 도왔다. 현지 교민이거나 유학생들이다. 아침에 눈을 뜨자마자 온통 대변인 관련 뉴스다. 하루 종일 검색어 맨 위를 차지하고 있다. 공분하지 않는 사람들이 없다. 창피한 일이다.

한 후배와 지방엘 다녀왔다. 그도 역시 성추행 얘기를 꺼냈다. "뭐, 그런 사람이 다 있습니까? 그러다가 대통령 엉덩이도 만지는 것 아닙니까?"라고 말했다. 이게 보통 사람들의 정서다. 결국 인사 실패를 지적하지 않을 수 없다. 임명 초기부터 구설수가 많았다. 좌충우돌하는 것이 도를 넘어섰다. 그런 그가 일을 저지르고 말았으니 누가 책임질 건가. 여야 정치권도 난리다. 그냥 넘어갈 일이 아니라고 본다.

저어새 ©김연수

73
누굴 탓하리

사위나 며느리를 본 친구들이 적지 않다. 당연히 할아버지, 할머니 반열에 올랐다. 특히 시골 친구들은 일찍 결혼한 편이다. 손주와 노는 재미가 쏠쏠하다고 자랑한다. 부러운 마음도 있다. 혈연은 그 어느 것보다 끈끈하다. 그래서 눈에 넣어도 아프지 않다. 손주를 본 다음 생활 패턴이 바뀌었다고 말하는 친구도 여럿 있다. 놈들을 보는 재미에 일찍 집에 들어간다는 것. 손주 둘을 본 바로 위 형님만 보더라도 그렇다.

아이들이 할머니, 할아버지를 더 좋아한다. 왜 그럴까. 엄마, 아빠는 야단을 쳐도 할아버지, 할머니는 사랑으로 감싼다. 엄마는 종종 때리기도 하지만, 할머니는 절대로 손을 안 댄다. 오히려 엄마, 아빠를 야단친다. 할머니와 할아버지는 항상 아이들 편을 들어준다. 자칫 아이들의 버릇이 나빠질 수도 있다. 그래도 할머니, 할아버지의 보살핌을 받은 아이들은 곱게 자란다. 심성도 좋다.

내가 본가든, 처가든 부모님을 모시고 사는 게 좋다고 강조하는 이유다. 그런데 미리부터 부모님을 모시지 않겠다고 형제끼리 다툰다는 소리도 들린다. "형이 부모님을 안 모시는데 내가 왜 모셔?" 아들만 둘인 집안의 막내가 하는 말이란다. 빈말이라도 서로 모시겠다고 하는 것이 옳다. 부모 역시 그들과 살려고 하지 않는다. 요즘 세태가 서글프다.

74
접대 골프도 사라져야

올 봄 들어 처음 운동을 했다. 고등학교 동문 두 팀이 필드를 돌았다. 언론사 임원으로 있는 후배가 주선한 것. 빠지고 싶었으나 후배의 정성을 생각해 나갔다. 골프는 치면 계속 치고 싶고, 안 쳐도 그만인 운동이라고 생각한다. 지난해부터 골프를 멀리해왔다. 부득이한 경우가 아니곤 나가지 않는다. 흥미가 없는 탓인지 재미도 못 느낀다. 골프 예찬론자들에겐 이상하게 비쳐질 것이다.

직장인들은 주말을 이용해 골프를 칠 수밖에 없다. 평일에 나가는 것은 불가능하기 때문이다. 무엇보다 비용이 너무 많이 든다. 홈페이지에 들어가 비용을 들여다봤다. 1인당 그린피 24만~26만 원, 캐디피 10만 원, 카트비 8만 원. 식사 두 끼, 그늘집 이용료를 합치면 한 사람 앞에 최소 35~40만 원이 든다. 접대를 받는다면 뇌물에 해당할 수 있다. 토,일요일 빠지지 않고 필드에 나가는 직장인들도 있다. 그것을 자랑하기도 한다. 물론 자기 돈으로 골프를 치는 사람은 드물다. 접대를 받는다는 얘기다.

골프가 대중화되기 위해서는 그린피가 내려야 한다. 월급쟁이들에게는 한 달에 한 번 나가는 것도 부담스럽다. 골프를 치고 싶은 마음에 거래처나 업자들에게 손을 벌리기 마련이다. 갑의 위치에 있는 사람이 을의 위치에 있는 사람에게 요구하는 것이다. 차제에 골프 접대 문화도 사라졌으면 한다.

75
"그냥 나갈래, 매 맞고 나갈래?"

자리를 싫어하는 사람은 없는 것 같다. 모두가 그렇다. 한 번 그 자리에 앉으면 내려놓으려고 하지 않는다. 자기 자신만큼은 영원하다고 생각하는 걸까. 모든 사람들이 물러날 때가 됐다고 여기는데도 자신은 그렇게 보지 않고 있다. 자진 사퇴는 어림없는 소리다. 자신을 질투하는 사람들의 희망사항일 뿐이라고 깎아내린다. 그러면서 스스로의 위안을 삼는다.

나라면 어땠을까. 자문자답해 본다. 지난해 2월 서울신문 사장직에 도전했다가 실패했다. 주위에서 정권이 1년밖에 안 남았는데 왜 그런 무모한 짓을 하느냐고 말리기도 했다. 정권이 바뀌면 그만둬야 될지도 모른다는 우려에서 그랬을 게다. 그 당시에도 분명 각오하고 있었다. 사장이 되더라도 정권이 바뀌면 재신임 여부를 물을 요량이었다. 정권의 생리를 잘 알기 때문이다. 버티면 생명을 조금 연장할 수 있다. 그러나 오래 갈 수는 없다.

정권이 바뀐 지 몇 달이 지났는데도 CEO 인사가 지지부진하다. 스스로 물러나거나 재신임을 물은 사람은 몇몇 손에 꼽을 정도다. 서로 눈치만 보고 있는 듯하다. 버틸 때까지 버티기로 작심한 모양이다. 이른바 전문성과는 거리가 먼 낙하산 인사들도 꿈쩍 않고 있다. "그냥 나갈래, 매 맞고 나갈래?" 누군가의 지적이 떠오른다. 자기 판단이 제일 중요하다.

76
중년은 고달프다

요즘 중년들은 고달프다. 특히 50~60대가 그렇다. 베이비부머 세대도 여기에 해당된다. 70~100세 부모를 봉양해야 하고, 20~30대 자식도 뒷바라지해야 하기 때문이다. 옛날 같으면 상상도 못할 일인데 다들 그와 같이 살고 있다. 고령화, 청년실업 등에서 기인한다. 물론 오래 사는 것은 좋다. 부모님이 오래 사신다고 원망할 수 있겠는가. 자식이 취직 못한다고 나무랄 수 있겠는가. 자식과 부모로서 의무라고 생각한다.

특히 아들 둘 이상 둔 부모의 걱정이 크다. 최소한 전셋집을 마련해주려면 목돈이 들어가는 까닭이다. 딸 가진 부모는 그래도 낫다. 대학원 박사 과정의 큰 아들과 직장에 다니는 둘째 아들을 둔 지인과 점심을 했다. "아들 한 명당 5억 원씩 필요한 것 같아요. 강남 전셋값이 매매가와 비슷하더라고요." 10억 원이 있어야 한다는 얘기다. 중산층에게도 꿈만 같은 소리다. 그러나 그것이 요즘의 현실이다. 세상을 탓해야 할까.

다행히 아들 녀석을 하나만 두었다. 둘 이상 낳지 않은 것을 가장 잘한 선택으로 생각하고 있다. 수중에 쥔 돈은 없다. 그분의 얘기를 들으니 머리가 하얘졌다. 무능한 아버지가 된 것 같아 녀석에게도 미안하다. 대신 '몸만 건강하면 된다'는 말로 위안을 삼는다.

77
영원한 현역

자기 직업에 만족하는 사람은 얼마나 될까. 그리 많지는 않을 게다. 더군다나 100% 만족하는 이는 거의 없을 듯하다. 왠지 2%는 부족하다고 느끼기 때문이다. 나만 그럴까. 그렇지 않다. 남들도 그렇다. 그러니까 지금 하고 있는 일에 만족하고 살 필요가 있다. 그런데 이직을 밥 먹듯이 하는 사람들도 있다. 능력이 대단하다고 할까. 하지만 그 결과는 신통치 않다. 후회만 남기도 한다.

회사 근처 사우나에서 머리를 다듬는다. 이발사와 나누는 대화가 쏠쏠하다. 나이는 70세. 그 바닥에서는 산전수전을 다 겪은 분이다. 호텔, 이발학원, 사우나 등에서 50년 동안 한 우물을 팠다고 했다. 이쯤 되면 베테랑이다. 그 역시 몇 번이나 그만두려고 생각했었단다. 하지만 지금은 이발사라는 직업에 감사하고 있었다. "딸 둘, 아들 하나를 대학까지 마치고 모두 결혼시켰습니다. 감사해야죠." 성공한 인생이다. 누가 부러우랴. 지금도 내 힘으로 용돈을 벌고 있으니 복 받은 사람이다.

나도 기자 생활에 만족하고 있다. 물론 돈은 벌지 못했다. 돈을 많이 벌 수 있는 직업이 못 된다. 그래서 갓 들어온 후배들에게도 말한다. "돈 벌 생각이면 지금이라도 직업을 바꿔라." 올해로 기자 생활 만 27년째. 앞으로 할 수만 있다면 영원히 현역생활을 하고 싶다.

78 유리알 지갑

봉급 소득자는 애국자라고 했다. 왜 그럴까. 모든 사람들이 월급을 받지 않나 생각했다. 하지만 일부 자영업자는 다르다. 월급쟁이는 모든 소득이 잡힌다. 속이려고 해도 속일 수가 없다. 버는 데 따라 100% 세금을 내야 한다. 그러나 자영업자는 얼마든지 속일 수 있다. 영수증 처리를 하지 않고 소득을 줄이면 되는 것이다. 현금을 받는 이유를 알 수 있을 것 같다.

5월은 종합소득세 신고 납부의 달. 나에게도 세무서에서 두 장이 날아왔다. 27년째 직장생활을 하면서 한 번도 받아본 적이 없기 때문에 무시해버리려고 했다. 그러나 찜찜해서 세무서에 전화해보았다. 조금 복잡하니까 한 번 나와 보라고 했다. 집 근처 영등포 세무서에 갔다. 내가 지난해 받았던 급여와 소득이 전부 나와 있었다. 까맣게 잊고 있었던 돈도 눈에 띄었다. 모두 여섯 군데서 받은 것으로 집계됐다. 월급 말고도 칼럼 기고 수입, 인세 수입도 잡혔다. 나도 깜짝 놀랐다.

세무서 직원들은 매우 친절했다. 만약 내가 혼자 처리하라면 못했을 법했다. 복수 사업장에서 소득이 발생했기 때문이다. 환급을 받을 것으로 잔뜩 기대하고 갔다. 그러나 1백68만 5,246원을 더 내란다. 어찌하겠는가. 더 내야지. 그래서 월급쟁이는 유리알 지갑이라고 한 것 같았다. 세무서를 나서는 어깨는 가벼웠다.

79
벗이 있어 행복한 날

고등학교 동기가 회사로 찾아왔다. 페친이기도 하다. 1979년 졸업한 이후 한 번도 만나지 못한 친구다. 만 34년 만에 만난 셈이다. 그러나 어릴 적 친구는 금방 알아볼 수 있다. 사무실로 들어오는데 전혀 낯설지 않았다. 그 친구는 대전서 대학을 나왔고, 난 서울로 올라와 볼 기회가 없었다.

친구는 대덕 연구단지 안에 있는 연구원에 근무하고 있다. 1986년 초 입사했다고 했다. 대학 졸업 후 바로 취업한 것이다. 아들, 딸 한 명씩 두 명. 결혼도 나보다 1년 빨랐다. 한 시간가량 얘기를 나눴다. 새벽에 일어나 내가 올린 글부터 본다고 했다. 매일 '좋아요'를 눌러주는 친구다. 댓글도 종종 달아준다. 대단한 관심이자 정성이다. 성의가 없으면 어렵다. 고마움을 표시했다.

더 부러운 것이 있었다. 연구원의 근무 여건이었다. "정년이 몇 세까지냐"고 물었다. 만 61세란다. 그만한 직장이 얼마나 될까. 우리 나이는 짐 쌀 준비를 해야 한다. 벌써 여러 명의 친구들이 현직을 떠났다. 나도 경험한 바지만 바깥 세상은 너무 춥다. 친구와는 점심을 함께하지 못했다. 친구에게 선약이 있었기 때문이다. 그래서 다음을 약속했다. 벗이 있어 먼 곳에서 찾아오면 기쁘지 아니한가. 친구도 메시지를 보내왔다. '세상은 참 고마운 사람들이 많고 그리운 사람들도 많은데 얼마나 볼 수 있을까.'

80

늦깎이 신랑

올 들어 두 번째 주례를 서는 날이다. 평소보다 두 시간 정도 늦게 일어났다. 밤 11시 잠자리에 들어 새벽 1시쯤 눈을 떴다가 다시 잠을 청했다. 숙면을 취하기 위해서였다. 푹 잤더니 상쾌하다. 기분 좋게 주례를 설 수 있을 것 같다. 목욕재계하고 갈 참이다. 새로 출발하는 신혼부부에게 그래야 되지 않겠는가.

사실 신랑은 잘 알지 못한다. 호형호제하는 형님이 그 친구를 데리고 사무실로 찾아왔다. 주례를 청했다. 늦깎이 총각이었다. 올해 마흔두 살. 신부와는 열 살 차이난다고 했다. 이미 아들까지 낳았다고 했다. 아버지는 돌아가시고 어머니만 계셨다. 그런데 그 어머니도 병상에 누워 계시다고 했다. 아마 결혼식장에는 못 나오실 것 같다. 어머니는 오매불망 아들의 장가 소식을 기다리지 않았겠는가. 늦게나마 효도하는 셈이다.

어느 덧 열두 번째 주례를 서게 됐다. 부탁을 받고 한 번도 거절한 적이 없기 때문에 두 자릿수를 채운 것 같다. 사실 주말에 주례를 서면 하루를 전부 까먹는다. 주례를 사양하는 이유일 게다. 나는 봉사로 생각하는 이상 핑계를 대지 않는다. 사람도 가리지 않는다. 부자면 어떻고, 가난한 사람이면 어떤가. 오히려 어려운 사람일수록 더 정이 간다. 뿌듯함도 느낀다. 오늘은 평일 주례라서 부담도 없다. 신혼부부의 앞날에 축복이 있으리라.

81
불쾌한 전단지

여의도의 아침은 활기를 띤다. 일찍 출근하는 직장인들이 많다. 아침 7시부터 9시까진 거리에 사람이 넘쳐난다. 모두 잰걸음이다. 한눈팔지 않고 똑바로 간다. 광고 전단지를 나눠주는 사람들을 흔히 볼 수 있다. 주로 배달 음식, 퀵 서비스, 금융기관 광고지가 대부분이다. 전단지를 나눠주려는 사람과 받지 않으려는 사람 사이에 쫓고 피하는 신경전도 벌어진다.

바쁜 출근길에 전단지를 건네면 왠지 짜증날 법도 하다. 신경질을 부리는 사람도 더러 본다. 그런데 끝까지 쫓아가 손에 쥐어주는 사람도 있다. 전단지를 나눠주는 사람은 50~60대의 주부들. 일당을 벌기 위해 아침 일찍 나왔을 것이다. 나도 지하철을 이용하니까 그들을 자주 마주친다. 건네는 전단지마다 모두 받는다. 그것이 그들을 돕는 일이라고 생각해서다. 전단지를 다 나눠주지 못하면 일당을 제대로 받지 못할 터. 가급적 전단지를 받아주는 아량을 베풀었으면 좋겠다.

여의도엔 퇴근길에도 전단지를 나눠주는 아줌마들이 있다. 전단지의 크기가 작다. 명함 크기 정도 된다. 남자들만 골라 주었다. 나도 무심코 받아 쥐었다. 지하철 안에서 펴 보았다. 웬걸 안마시술소 전단지였다. '24시간 여대생 대기.' 낯이 화끈거렸다. 은근히 배신감도 들었다. 뒷맛이 영 개운치 않다.

82
사람은 한 번 죽는데…

사람은 두 번 죽지 않는다. 한 번 죽는다는 얘기다. 그렇다면 어떻게 해야 할까. 말할 것도 없다. 잘 살아야 한다. 그럼 다음 질문이 이어진다. 어떻게 하는 것이 잘 사는 걸까. 정답은 없다. 자기만의 생활방식이 있어야 한다. 남을 너무 의식할 필요도 없다. 그러기 위해서는 자신감이 있어야 한다. 그게 없으면 괜히 눈치를 보게 된다. 인생에서 제일 중요한 것은 자신감이라고 생각한다.

자신감의 발로는 어딜까. 바로 건강, 맑은 정신이다. 몸이 성하지 못하면 아무 것도 못한다. 그러나 많은 사람들이 이를 간과하고 만다. 병든 다음에 후회한다. 건강은 건강할 때 지켜야 한다. 꾸준한 운동은 필수다. 등산도 좋고, 걷는 것도 좋다. 정신 건강 역시 육체적 건강 못지않게 중요하다. 그러려면 좋은 생각을 많이 해야 한다. 내가 사는 방식이기도 하다. 항상 긍정적으로 접근한다. 그래서 내 입에서 "노"라는 말은 거의 나오지 않는다. "예스" 아니면 "한번 해보자." 강한 긍정만이 부정을 이길 수 있다.

신문 부음란을 보다가 눈에 띄는 기사를 발견했다. 유명 유방 전문의의 죽음이었다. 그 자신 열두 번의 암 수술을 받은 명의였다. 올해 61세. 아깝다. 그는 절망적인 상황에서도 많은 이에게 희망을 주었다. 자신의 죽음을 몰랐을 리 없다. 하지만 멋지게 살다가 갔다. 죽음을 생각해보는 새벽이다.

83
불쌍한 그들

청와대를 함께 출입했던 동료 기자가 어려움에 처해 있다. 회사와의 갈등으로 형사 고발까지 당했단다. 그는 신문사의 꽃이라는 편집국장을 했다. 그런데 회사가 일방적으로 경질 인사를 했던 것. 그러자 편집국 기자들이 들고 일어났다. 사측의 부당 인사에 항의하면서 편집국장인 그 친구 편에 섰다. 회사엔 우스운 현상이 일어났다. 한 신문사에 두 명의 편집국장이 있었다. 아마도 언론사 사상 초유의 일일 게다.

나도 제3자이니까 전말을 모른다. 자초지종은 그 친구와 회사만이 알 터다. 하지만 게는 가재편이라고 했다. 친구의 정직함을 믿고 싶다. 페이스북에 올린 글도 봤다. 구구절절했다. 사주의 횡포를 짚었다. 요즘 '갑을 관계' 청산이 화두다. 이슈를 만들어가는 것은 언론이다. 특히 신문이 구심점에 선다. 그런데 막상 신문사는 그렇지 않다. 사주는 영원한 '슈퍼 갑'이다. 기자들을 종 부리듯 한다. 사주에게 일방적으로 충성을 강요하는 구조다.

언론사도 추악함이 있다. 나도 지난해 서울신문 사장에 도전했다가 추한 꼴을 많이 봤다. 인간으로서 할 수 없는 일들도 버젓이 행한다. 오히려 그런 일을 하는 사람들이 불쌍하다. 그럼에도 얼굴을 들고 다닌다. 나는 이미 그들을 용서했다. 그 친구의 응어리도 빨리 풀어졌으면 한다.

84

광주 영령들이여!

페이스북에 시사적인 글은 거의 쓰지 않는 편이다. 신문 사설이나 칼럼으로도 충분히 소화할 수 있기 때문이다. 또 모두의 관심사라고도 볼 수 없기 때문이다. 그래서 주로 내 주변의 삶을 노래하고 쓴다. "그것도 글이냐", "일기를 쓰느냐"고 힐난하는 사람들도 있다. 그렇게 보는 분들에겐 할 말이 없다. 다만 한 분이라도 글에 공감하고 읽어주는 분들이 있어 힘을 얻는다.

아침에 5.18기념식을 지켜봤다. 박근혜 대통령의 참석 여부가 관심사였다. 식 시작과 함께 박 대통령의 모습이 보였다. 얼마나 다행인지 모른다. 대통령의 참석 자체로 의미가 있다. 현직 대통령으론 5년 만이라고 한다. 광주 영령과 유족의 상처를 달랠 수야 없겠지만 잘한 일이다. 「임을 위한 행진곡」 도 함께 불렀다. 가슴이 뭉클했다. 26년 전 그날의 기억이 생생했기 때문이다.

1987년 5월 18일 망월동 묘지 현장에 나도 있었다. 당시는 기자 꼬리표를 떼지 못한 수습기자였다. 묘지까지 걸어서 들어갔다. 외신기자를 빼곤 국내 기자의 접근을 허용하지 않았다. 그래도 간신히 도착했다. 분위기는 매우 살벌했다. 더군다나 5공화국 말기 아니었던가. 묘지 근처에서 관공서 차량을 불태우고 몸싸움도 심심찮게 벌어졌다. 광주의 아픔은 우리 모두가 함께 치유해야 한다. 정치인들도 일회성 방문은 삼가라. 영령들의 명복을 빈다.

흰꼬리수리와 까마귀 ⓒ김연수

85
고향 사투리

고향 사투리는 언제 들어도 다정다감하다. 서울 사람들에겐 어색하게 들릴지 몰라도 시골 출신의 감성을 자극한다. 그들끼린 금방 알아본다. "고향이 어디유?" 충청도 사람들이다. 같은 충청도지만 사투리가 더욱 심한 지역이 있다. 내가 태어난 보령을 비롯해 당진, 서산, 청양, 서천, 홍성, 부여 지역이 특히 그렇다. 나도 사투리를 적게 쓰려고 노력하지만 그 뿌리는 숨길 수 없는 모양이다. 충청도 사람이냐는 소리를 자주 듣기 때문이다. 그렇다고 고칠 생각은 없다.

골프화가 해져 집 근처 구둣방을 찾았다. 10여 년 이상 신은 신발이다. 뒤꿈치가 떨어져 너덜너덜했다. 수선이 어려우면 버릴 생각이었다. 그러나 주인은 정성껏 손질해 주었다. 먼저 풀을 칠한 다음 꿰매주었다. 마치 새 신발 같았다. 그분과 이런저런 얘기를 나눴다. 우선 고향 사람이라 반가웠다. 충남 당진이 고향이었다. 서울에 올라온 지 오래 되셨지만 사투리가 매우 투박했다. 같은 장소에서 38년간 구둣방을 했단다. 한 우물을 판 셈이다.

요즘 구둣방은 찾아보기 힘들다. 기성화에 밀려 설 땅이 없어졌다. 어떻게 문을 닫지 않고 영업을 할 수 있었을까. 그분의 장인 정신이었다. 수선을 하는 그분에게서 그것을 발견했다. 한 올 한 올 바느질하는 솜씨가 예사롭지 않았다. 그것을 보고 단골손님들이 찾을 게다. 노하우는 있는 법이다.

86
행복은 멀리 있지 않다

골프 약속은 늦어도 한두 달 전에 잡는다. 직장인 등 주말 골퍼들에게 그렇다는 얘기다. 그래야 시간을 조정할 수 있다. 골프광들은 아예 1년 치 약속을 잡는 경우도 봤다. 지나치다고 아니 할 수 없다. 지나가는 소리로 “운동 한번 하자”고 얘기한다. 인사말로 듣지 않고 바로 수첩을 꺼내 적는 사람들도 있다. 분명 결례다. 또 빼곡한 수첩을 보여주며 자랑하는 이들도 본다.

일요일 새벽 비가 와 운동을 취소했다. 한 달 반 전쯤 약속했던 것. 티업시간은 7시 24분이었다. 5시쯤 창밖을 보니 비가 내리고 있었다. 그래서 운동을 주선한 분께 메시지를 넣었다. 5분 뒤 답장이 왔다. 취소하자고 했다. 덕분에 하루를 번 기분이었다. 요즘 골프에 흥미가 없다보니 안 쳐도 그만이다. 대신 일행 한 분께 메시지를 보냈다. 점심 때 종로에서 만나 빈대떡에 막걸리 한 잔 어떻겠느냐고. 그분 역시 ‘오케이’였다.

12시쯤 광화문 내 사무실로 부부가 나오셨다. 내가 형님, 형수님이라고 부르는 사이다. 셋이서 메밀 집으로 갔다. 방송을 많이 타 유명세를 치르고 있는 식당이다. 식사를 하기 전에 김치해물전과 막걸리를 시켰다. 둘이 먹다보니 세 병. 냉메밀 맛도 일품이다. 특히 육수가 시원하다. 골프를 친 것 이상의 행복을 느꼈다. 이처럼 행복은 멀리 있지 않다.

87
재벌, 부럽지 않다

겉 다르고 속 다른 게 사람이라고 한다. 인간이 간사하다는 얘기일 터. 자기 자신의 허물을 보지 못하는 것이 또한 인간이다. 자기 자신을 합리화하기 때문이다. 자기가 한 짓은 생각하지 않고 남이 서운하게 한 것만 생각한다. 그러면서 오해를 하고 원망을 한다. 잘못된 사고다. 남의 입장에서 생각해보면 정답이 나올 텐데도 그렇지 못하다.

자, 지금 시간이 12시 40분이다. 자정을 바로 넘긴 시간이다. 현대그룹 3세들에게 말을 하고 싶다. 정몽구 회장을 가까이서 한 번도 본 적이 없다. 그래도 약간은 믿음이 간다. 투박해서일까. 그는 거짓말을 하지 않을 것 같다. 얼굴 생김새가 그렇다. 전형적인 한국인의 얼굴이다. 내가 잘 써준다고 잘 보일 리도 없다. 그런데도 왜 끌릴까. 적어도 선친인 정주영 회장을 봐서 그럴까. 그의 선친, 정주영 회장을 뵌 게 엊그제 같다.

내가 가까이 하는 사람 중에 재벌은 아니지만 근접한 사람은 있다. 한마디로 돈이 많은 사람이다. 지금 시세로 수천억 원은 명함을 내밀지 못한다. 적어도 수 조원은 돼야 한다. 그런데 그들에게서 인간적인 냄새를 느낄 수 없다. 어찌 보면 돈으로 모든 것을 해결할 수 있다는 생각이 든다. 내 시각이 그들에게 욕일까. 한 번쯤은 반성했으면 한다. 재벌과 나를 생각해보는 하루다.

88
정직하면 좋으련만

어제 새벽 글을 안 올렸다. 2시쯤 일어났다가 다시 눈을 붙였다. 왠지 그러고 싶었다. 그런데 예리한 페친이 있었다. 대경대에서 강의를 하는데 학생들이 물었다. "교수님 오늘 늦잠 주무셨어요?" 이유는 그랬다. 매일 새벽 2~3시에 올리는 글을 볼 수 없었다는 것. 독자가 있다는 얘기다. 내가 글을 쓰는 이유이기도 하다. 그들이 있어 고맙고 살맛 난다.

나에게 있어 새벽은 뭘까. 아무도 보는 사람이 없다. 그래도 건전하다. 막 힘이 솟는다. 거실에 둥그러니 혼자 앉아 있다. 그럼에도 즐겁다. 지금 시간은 1시 8분. 미쳤냐고 할 시간이다. 하지만 나에겐 소중하다. 새벽을 즐기는 사람은 적어도 정직하다. 그렇게 믿고 싶다. 정직하지 못한 사람들을 봤다는 얘기를 쓴 적이 있다. 그 뒤에도 그들은 건재하다. 두 얼굴을 한 사람들이 뻔뻔하게 활보하고 있다는 얘기다.

나를 아는 사람들은 그들이 누군지 대충 짐작한다. 내 입으론 한 번도 거론한 적이 없다. 왜일까. 내 입이 더러워지는 것 같아서다. 요 며칠 많은 생각을 했다. 그들을 용서할까. 가슴속의 나와 현실적인 나는 달랐다. 속으로는 그들을 이미 용서했다. 하지만 현실은 그렇지 못했다. 내 눈에는 그들이 발버둥치는 것 이상으로 보이지 않는다. 다시 한 번 말하지만 그들이 정직했으면 좋겠다.

89
검찰은 내 친정

검찰에 지인들이 많다. 검찰을 오래 출입한 까닭이다. 수습기자 꼬리를 떼고 바로 출입한 곳이 검찰이다. 제5공화국 말기인 1987년 여름부터다. 우리끼린 '5공기자'라고 부른다. 서울지검과 대검이 서소문에 있던 시절이다. 서슬 퍼렇던 시절이지만 낭만도 있었다. 덕수궁 돌담길을 끼고 있기에 정취도 그만이었다. 당시엔 법조 출입 기자 수도 많지 않았다. 9개 언론사, 1~3진 모두 합쳐 25명이었다. 그래서 한 식구처럼 지낼 수 있었다.

그 당시 가장 힘이 셌던 곳은 대검 중수부다. 최근에 없어졌다. 정치권과 여론의 집중 포화를 맞아서다. 대구고검장을 지낸 김홍일 전 중수부장과 오늘 저녁을 한다. 고향도 같다. 그는 충남 예산 출신. 서울대와 고려대가 판치는 검찰에서 유일하게 변방인 충남대를 나왔다. 오로지 실력과 성실함으로 그 자리를 꿰찼었다. 인품 역시 흠잡을 데가 없다. 무엇보다 겸손하다.

다음 주 화요일에는 최재경 전 중수부장과 점심을 함께 한다. 현직은 대구지검장. 나보다는 두 살 아래. 나를 깍듯하게 선배 대접한다. 그렇다고 부드럽지만도 않다. 역대 중수부장들이 그렇지만 그 역시 강단이 대단하다. 검찰의 큰 재목임에 틀림없다. 법조인, 특히 검찰 출신들은 의리가 있다. 기자들과도 잘 지낸다. 내가 곧잘 검찰을 친정이라고 말하는 이유이기도 하다.

90 고마운 블로거들

인터넷에서 주목받는 이들이 있다. 이름하여 파워블로거다. 특정 분야에서 그들의 영향력은 대단하다. 수천, 수만 명의 네티즌을 거느리고 있다. 그들의 블로그는 방문객들도 북적인다. 파워가 있으니 광고가 붙기도 한다. 나도 '남자의 속마음'이란 블로그를 운영한 적이 있다. 하루 방문객이 1만여 명을 넘은 적도 있다. 요즘은 페이스북을 하느라 블로그는 손을 뗐다.

나는 블로그 활동을 하지 않지만 블로거들의 도움을 받고 있다. 얼굴도 모르는 블로거들이 내 책을 소개해주고 있다. 고마운 마음에 일일이 댓글로 답하고 있다. 블로거들은 반응이 빠르다. 금방 답을 주신다. '공감이 가는 내용이 참 많았고 인상 깊게 잘 읽었습니다. 직접 인사까지 해주시니 영광입니다. 건강하시고, 건승을 기원드립니다.' '저자님께서 직접 찾아와 주셔서 덧글을 써주시니 영광입니다. 구름은 이런 책들이 많이 출간되기를 바랍니다. 다시 한 번 감사드립니다.' 이런 내용들이다.

작가와 독자는 떼려야 뗄 수 없는 관계다. 독자가 없는 책은 존재의 이유가 없다. 그래서 작가는 독자를 목말라 한다. 아무리 채워도 부족한 게 그것이다. 내가 한 명 한 명의 독자에게 공을 들이는 것도 정말로 감사한 마음에서다. 한 명의 독자가 있는 한 글은 계속 쓸 참이다.

91
'라칸티나' 사랑

사람의 입맛은 유별나다. 음식점도 한 번 길들여지면 다시 찾게 된다. 단골집이다. 음식 맛도 그렇거니와 종업원들과도 친해진다. 나 역시 단골집을 주로 찾는다. 광화문 근처에서 만 26년간 있으면서 이용한 음식점은 몇 곳이 안 된다.

을지로입구에 있는 이태리 식당 '라칸티나'도 오래된 단골집이다. 1986년 입사한 뒤 단골이 됐다. 지금까지도 사장님, 직원들과 가족처럼 지낸다. 1966년 문을 열었다. 3년 뒤면 만 50년이 된다. 고 이병철 회장이 식당 장소를 제공해 주었단다. 삼성그룹 본사로 쓰던 곳이다. 본사를 태평로로 옮긴 뒤에도 이 회장의 라칸티나 사랑은 여전했다. 직원들이 벤츠를 타고 음식을 배달했다고 한다. 물론 승용차는 이 회장이 보냈다. 직원들의 자랑거리다.

우리 가족과의 인연도 각별하다. 올해 26세인 아들 녀석도 라칸티나를 가장 좋아한다. 사장님은 손주처럼, 2세 경영 중인 아들은 조카처럼 녀석을 예뻐한다. 녀석을 데리고 가면, 음식 한두 개는 더 내놓는다. 녀석이 네다섯 살 때는 주방을 헤집고 다니기도 했다. 그래도 야단을 치기는커녕 치즈를 싸주시기도 했다. 오랜만에 선배님 가족과 라칸티나에 들렀다. 우리 세 식구, 선배님 가족 세 식구 등 여섯 명이 저녁을 먹었다. "인재야, 애인하고 와. 삼촌이 맛있는 것 많이 해줄게." 사장님 아들이 녀석의 등을 토닥거린다.

92
"한번 살아봐."

이 세상에 완벽한 부부가 있을까. 어떤 부부가 가장 이상적일까. 거기에 정답은 없으리라고 본다. 부부가 함께 살면서 100% 만족할 수는 없을 터다. 한 쪽은 만족한다 해도, 또 다른 한 쪽은 그렇지 않을 수 있다. 어쨌든 옥신각신하면서 사는 게 부부다. 부부싸움은 칼로 물 베기라고도 한다. 조금 전까지 원수처럼 싸우다가도 언제 그랬느냐는 식으로 금세 희희낙락한다.

정말 그렇다. 피 한 방울 섞이지 않은 게 부부다. 헤어지면 남남이 된다. 따라서 남남이 되지 않도록 잘 살아야 한다. 이혼율이 매우 높은 요즘이다. 주위에서 아주 흔하게 볼 수 있다. 결혼한 지 얼마 안 된 것 같은데 혼자 지내는 남녀를 보게 된다. 이혼을 대수롭지 않게 여기는 것도 문제다. 당사자뿐만 아니라 부모들도 마찬가지다. 되레 부모가 자식 사이를 갈라놓는 경우도 있단다. 예전 같으면 상상도 못할 일이다.

아내와 결혼한 지 4반세기를 훌쩍 넘었다. 오는 11월 17일이 26주년이다. 내조해준 아내가 고맙다. 부부 동반으로 선배 부부와 자주 만난다. 그 선배 부부는 누가 봐도 최고의 부부로 비쳐진다. 아내는 그 선배만 닮으라고 한다. 한 번은 아내가 형수님에게 말했다. "자상한 남편과 살아서 좋겠어요." 내가 조금은 못마땅하다는 심사일 터. 돌아온 대답은 뭘까. "살아봐." 시큰둥하게 딱 한 마디 던졌다. 부부는 살아봐야 안다는 얘기다.

93
불면증과 졸음운전

불면증으로 고생한 적이 있다. 밤을 꼬박 새우기 일쑤였다. 아무리 잠을 청하려고 해도 정신이 점점 맑아진다. 당연히 밤이 두려워진다. 거의 공포 수준이다. 그것을 겪어보지 않은 사람들은 모른다. 사람이 잠을 못 자도 죽는다. 실제로 잠을 못 자 돌아가신 이웃집 어른도 봤다. 무서운 병이라고 할 수 있다. 그런데 약도 없다. 의사와 상담을 해도 겨우 수면제를 처방해 준다.

어느 순간 불면증에서 해방됐다. 어떻게 나았는지 정확히 기억나지 않는다. 걷는 운동을 열심히 했다. 저녁 약속은 거의 하지 않고 집에 와서 근처 공원을 30~40분가량 걸었다. 샤워를 하고 나면 개운해진다. 그때 잠을 청했다. 대략 밤 9시 전후. 그것이 지금은 습관이 되다시피 했다. 운동을 하지 않더라도 잠이 온다. 일찍 자고, 일찍 일어나게 된 연유다. 간혹 저녁 약속이 있어 늦게 귀가해 자더라도 일찍 일어난다.

예전부터 차만 타면 조는 버릇이 있다. 조수석에 앉든, 운전대를 잡든 마찬가지다. 졸지 않고 한 시간을 운전하기 어렵다. 졸음을 쫓기 위해 별별 방법을 다 써본다. 창문을 열어놓고 바람을 쐰다든가, 못 부르는 노래도 크게 불러 본다. 특히 고속도로를 주행할 때 위험하다. 자칫 인명사고로 이어질 수도 있다. '졸음운전 쉼터'도 곳곳에 있다. 졸음운전, 허투루 듣지 말자.

94
수습기자들과 함께 한 날

아주 추울 때 입사했다. 1986년 12월 16일. 광화문 서울신문 사옥에 수습기자로 첫 발을 내디뎠다. 근사한 건물이 마음에 들었다. 시내 한복판에 있다 보니 교통도 좋았다. 지금도 서울신문은 최고의 입지조건을 갖췄다. 그곳에서 만 25년 2개월 근무했다. 행복한 첫 직장생활이라 할 수 있다. 부득이하게 지난해 직장을 옮겼다. 서울신문 사장으로서의 꿈을 이룰 수 없었기 때문이다. 나의 여의도 생활이 시작된 것이다. 벌써 6개월이 넘었다.

파이낸셜뉴스 논설위원. 현재 나의 직책이다. 감사한 마음으로 근무하고 있다. 기회를 준 회사 측이 고맙다. 언론사를 나와 쉬고 있는 지인들이 무척 많다. 물론 자리가 없어서다. 80년대 중반, 90년대 초반 입사한 기자들이 중도에 그만둔 경우다. 그럼에도 경험을 살릴 수 없다는 게 안타깝다. 하지만 현실이니 어쩔 수 없다.

갓 입사한 수습기자들과 저녁을 했다. 남자 셋, 여자 다섯 명이다. 내 초청에 모두 응해주었다. 일주일에 토요일 하루 쉬는데 나와줘서 고마웠다. 언론사 선배로서 그들을 격려해주기 위해 자리를 마련한 것. 한없이 사랑스럽다. 어쩌면 그들도 나와 같은 길을 걸을지 모른다. 그래서 더 애정이 간다. '배짱'을 가지라고 얘기해줬다. 아울러 '성실'과 '정직'도 중요하다는 점을 강조했다. 의미 있는 하루였다.

95

이건 아닌데…

사람은 누울 자리를 보고 다리를 뻗으라고 했다. 남에게 피해를 주지 말라는 얘기일 터. 그 피해는 두 가지가 있다. 물질적인 측면과 정신적인 측면이다. 강도는 정신적인 측면이 크다. 마음의 상처를 입기 때문이다. 이는 내가 하면 로맨스요, 남이 하면 불륜이라는 말과 일맥상통한다. 자기 위주로 생각하는 탓이다.

5월 23일은 노무현 전 대통령이 서거한 날이다. 그날의 기억이 아직도 생생하다. 아들 녀석이 공군 훈련소에서 첫 외박을 나온 날이다. 2009년 4월 6일 입대했는데 한 달 보름 만에 외출을 했던 것. 아내와 함께 녀석을 데리러 잠실운동장에 갔다. 가는 도중 라디오 뉴스를 통해 노 전 대통령의 투신자살 소식을 들었다. 경천동지할 일이었다. 바로 직전 퇴임한 대통령이 자살했다니 믿을 수 없었다. 그러나 실제 상황이었다. 봉하마을에는 전국 각지에서 추모객들이 몰려들었다.

서거 4주기 추모식이 봉하마을에서 열렸다. 그런데 이명박 전 대통령은 그날 거제도의 한 골프장에서 측근들과 라운딩을 했단다. 한마디로 씁쓸하다. 하필이면 왜 그날인가. 이 전 대통령도 기일인 줄 몰랐을 리 없을 텐데. 만약 몰랐다면 뻔뻔함의 극치다. 추모식에 참석은 못할망정 '굿샷'을 외쳤을 터니 비난받아 마땅하다. 노블리스 오블리제를 생각하게 한다.

저어새 ©김연수

96
한 선배의 고향 사랑

'고향을 사랑하기에 그 마음 가득 담아 오랜 세월 언제나 찾고 싶고 머무르고 싶은 전국 최고의 대천 해수욕장 머드광장 내 호텔을 신축하여 소중한 지인들을 모시고 준공식을 갖고자 합니다. 시작의 자리에 귀한 걸음 하셔서 자리를 빛내주시면 더 없는 격려와 기쁨으로 간직하겠습니다.'

얼마 전 한 장의 초청장이 집으로 날아왔다. 시골 초등학교 1년 선배가 보내온 것. 그렇다. 대천 해수욕장 안에 '머드비치호텔'을 지어 준공식을 갖는다. 그의 작은 꿈이 이뤄지는 순간이다. 서울에서 폐지 등 자원산업을 해 제법 큰돈을 벌었다. 홍청망청 쓸 수도 있다. 그러나 그는 고향을 위해 돈을 쓸 줄 아는 사람이다. 최종 학력은 중졸이다. 물론 고향에서 나왔다. 초등학교와 중학교에도 적지 않은 기부금을 냈다. 말이 그렇지 쉽지 않은 일이다. 고향의 크고 작은 행사에도 협찬을 한다.

졸부들이 판치는 세상이다. 큰 외제차를 타면서 한껏 폼을 잡기도 한다. 하지만 인색하기 짝이 없다. 커피 한 잔, 밥 한 끼 살 줄 모르는 사람이 허다하다. 오로지 자기만을 아는 사람들이다. 그러면서도 돈 자랑을 한다. 이런 부류의 사람들에게 그 선배를 닮으라고 말해주고 싶다. 마침 준공식이 토요일이서 대천에 내려갈 참이다. 고향 선산과 대천 앞바다가 눈에 선하다.

97
페이스북은 내 친구

페이스북은 내 삶의 축소판이다. 일곱 권째 에세이집을 쓰는 요량으로 거의 똑같은 분량의 글을 올리고 있지만 보람을 느낀다. 나의 흔적이 짧은 글속에 고스란히 담겨 있다. 거기엔 과장도, 가식도 없다. 있는 그대로를 옮길 뿐이다. 그래서 나와 자주 만나지 않는 사람들도 나의 행동반경을 안다. 마치 본 것처럼 말하는 이들도 있다. 내가 깜짝 놀랄 정도다. 나는 나를 오픈시켜놓고 산다. 나와 남의 인생이 별로 다르지 않다고 생각하기 때문이다.

오해를 받을 때도 있다. 무슨 자랑이냐고 얘기하는 사람도 있을 터다. 개의치 않는다고 말씀 드린 바 있다. 내 글을 열심히 읽어주는 고등학교 동기이자 페친이 있다. 그 친구 왈 "풍연이가 가장 재미있게 사는 것 같아." 아니라고는 말하지 않겠다. 실제로 재미있게 살려고 노력한다. 여러 사람들과 인연을 이어가는 이유이기도 하다. 혼자 사는 삶은 재미가 없다. 벗이, 지인이 있어야 더욱 윤택해진다.

함께 군대생활을 했던 지인에게서 메시지가 왔다. '요즘 아주 재미있게 사는 것 같습니다. 멋지십니다.' 바로 답장을 보냈다. '별말씀. 바쁘게는 살지요.' 그렇다. 한가해선 재미를 느낄 수 없다. 바쁜 와중에 재미도 느낄 수 있다. 무언가에 몰두해야 한다. 재미도 늘 가까이 있는 법이다.

검은머리물떼새 ©김연수

98
술도 보약(?)

오래 사는 것은 모든 인류의 꿈이다. 이제 100세 시대로 접어들었다. 아니 남녀 모두 90은 거뜬히 사는 것 같다. 할머니, 할아버지들이 참 많다. 80마저도 명함을 내밀 수 없는 정도다. 이를 어떻게 보아야 할까. 좋은 현상이다. 인류의 꿈이 이뤄져서다. 나도, 우리도 그렇게 될 터. 늙지 않는 사람은 없다. 결국 늙어서 죽는다. 그날까지 건강하게 살다 죽으면 최고의 복이다.

사람마다 건강 비법이 있다. 운동은 필수다. 운동을 꾸준히 한 사람은 하지 않는 사람에 비해 분명 오래 산다. 그 다음은 음식이다. 건강보조제가 인기를 끄는 이유다. 몸에 좋다고 하면 물불을 가리지 않는 것이 또한 사람이다. 비타민이 좋다고 하루에 한 주먹씩 먹는 사람도 봤다. 거의 미신 수준이다.

회사 근처 목욕탕 이발사와 이런저런 얘기를 나눈다. 건물 겸 목욕탕 주인 얘기를 했다. 북한 출신으로 올해 96세란다. 부동산 재벌이다. 여의도의 큰 빌딩뿐만 아니라 각지에 빌딩이 많단다. 그의 건강법은 맥주와 소주. 새벽에 일어나자마자 수입 맥주 한 캔을 마신다고 했다. 이유인즉슨 암반수에서 나온 물로 만들어 생수보다 좋다는 것. 식사 때는 반주로 소주 반병 내지 한 병을 마신다고 했다. 이쯤 되면 술이 보약인 셈이다. 기분 좋게 마셔서 그럴 게다. 그래도 술은 권하고 싶지 않다.

99
자식은 못 말려

자식 이기는 부모 없다고 한다. 부모가 아무리 용을 써도 자식을 이길 수 없다는 얘기다. 아이들은 저희들 하고 싶은 대로 한다. 말린다고 되지 않는다. 그럼 어떻게 하는 것이 나을까. 부모가 져주어야 한다. 그래야 집안이 조용해진다. 대신 자식과 타협할 필요는 있다. 그들에게 일정한 조건을 붙여 짐을 지워야 한다. 그냥 놔두었다간 잘못된 길로 빠질 수도 있기 때문이다. 성인이 돼서 방향을 잘못 잡으면 영영 후회할 수도 있다.

우리 집안이라고 다를 게 없다. 하나뿐인 아들 녀석과 우리 부부의 생각이 일치하지 않는다. 녀석의 대학 전공은 컴퓨터공학. 이과이기 때문에 취업은 별로 걱정하지 않았다. 그런데 녀석은 서비스 업종으로 진출하려고 한다. 작년에 바리스타 자격증도 땄다. 커피전문점에서 아르바이트도 했다. 처음엔 나와 아내가 완강하게 말렸지만 되지 않았다. 그래서 녀석과 약속을 했다. "아르바이트를 하되 토익 점수는 따고 영어 회화는 해야 된다."

다음 학기를 마치면 졸업을 하게 된다. 얼마 전부터 또 다시 커피전문점에서 아르바이트를 하고 있다. 일주일에 사흘 일한다. 이번에도 말렸지만 소용이 없었다. 그 분야에서 성공하겠다니 밀어주어야지 어떡하겠는가. 식음료 업종은 임금이 박한 편이다. 뻔히 알면서도 앞길을 가로막을 수 없는 것이 또한 현실이다.

100
행복한 글쓰기

다시 한 번 페친들께 감사를 드려야 할 것 같다. 지금 쓰고 있는 글이 100번째 掌篇에세이다. 처음 글을 올릴 때는 언제 100개를 쓰나 생각했다. 그런데 티끌 모아 태산이라고, 오늘이 그날이다. 지금 회사에서 자판을 두드리는 순간도 기분이 매우 좋다. 조그만 성취를 느껴서다. 아무도 알아주지 않을지언정 나는 행복하다. 벼가 조금씩 익어가는 느낌이 든다. 나 역시 가을이면 수확을 거두지 않을까.

요즘은 더 일찍 일어난다. 1시 30분 전후로 일어날 때가 많다. 한 시간 정도 앞당겨졌다고 할 수 있다. 저녁 9시쯤 잘 때가 많으니까 네 시간 정도 자고 일어나는 셈이다. 늘 그렇듯이 일어나자마자 생수부터 마신다. 그런 다음 커피를 타 가지고 거실로 나와 컴퓨터 앞에 앉는다. 기자인 만큼 뉴스부터 챙긴다. 헤드라인만 보는 경우가 많다. 조용하기에 생각할 시간도 충분하다. 한 편, 한 편의 파노라마를 보는 듯하다. 물론 나쁜 생각은 하지 않는다. 긍정적인 면만 보기 때문이다.

내일 새벽부턴 200번째 에세이를 목표로 자판을 두드릴 터. 관심을 보여주는 페친들이 없다면 힘이 나지 않을 것이다. 격려는 내 글의 자양분이다. 사랑을 듬뿍 받은 글은 생명이 길다. 난 내일은 걱정하지 않는다. 오늘 최선을 다하면 내일이 있다고 믿어서다.

3
바보로 살아가는 이유

101 모르는 게 더 큰 병

'아는 게 병'이라는 말이 있다. 그렇다면 '모르는 것이 약이 될 수도 있다'는 얘기일 터. 둘 다 맞다. 사실 요즘은 정보의 홍수 시대다. 인터넷만 검색해도 무궁무진한 정보가 쏟아진다. 특히 의학정보는 무지무지 많다. 각종 신문도 의료페이지가 인기다. 그만큼 관심이 많다는 방증이다. 그런데 기사를 읽다보면 꼭 자기에게도 해당되는 것 같다. '혹시 내가 이 병에 걸린 것은 아닐까?' 하지 않아도 될 걱정을 하게 된다. 아는 게 병인 셈이다.

너무 민감하면 실제 병에 걸린 것처럼 착각한다. 스스로 의사기 되기도 한다. 이 약, 저 약 닥치는 대로 챙겨 먹는다. 몸에 좋을 리 없다. 특히 우리나라 사람들은 약을 좋아한다. 그냥 하루 이틀 지나면 나을 텐데 약에 의존하는 것이다. 우리 몸은 면역력이 있다. 굳이 약을 먹지 않더라도 자연적으로 치유가 가능하다는 이치다. 특히 진통제를 많이 먹는 경향이 있다. 그러다보면 내성이 생겨 점점 더 먹게 된다.

그렇다고 모르는 것이 나을까. 때론 몰라서 그냥 놔두었는데 낫는 경우도 있다. 다행스런 결과다. 그러나 외과적 수술이 필요한 때에는 지체 없이 병원을 찾아야 한다. 차일피일하다간 병을 키우게 된다. 두어 달 전 목 뒤에 종기 같은 것이 생겨 수술을 한 적이 있다. "조금 늦었다간 어려운 수술이 될 뻔했습니다." 의사 선생님이 잘 왔다고 했다. 모든 것은 때가 있는 법이다.

102
나의 50대

인생은 50부터라고 했다. 인생 2모작을 시작하는 시기여서 그럴까. 실제로 50대는 중요하다. 황금 같은 시기라고도 할 수 있다. 가정에서는 아이들 대학교육을 마치고 시집, 장가보낼 걱정을 한다. 한시름 놓았다 싶었는데 결혼이 기다리고 있는 것. 돈도 수월찮게 들어간다. 직장에서도 정점을 찍는다. 일반 직장이든, 공무원이든 마찬가지다. 잘 살고, 못 살았느냐도 50대에 판가름 난다.

'형님, 모습이 보기 좋았습니다. 많은 것을 고민하여 나름 깨달음을 얻은 것 같은 중년 교수의 모습이랄까. 시간 내 주셔서 감사했고요. 종종 근황 보고 드리겠습니다.' 최근 회사로 찾아온 고등학교 2년 후배가 이 같은 댓글을 남겼다. 그 친구도 쉰을 넘겼다. 고생 끝에 기반을 잡았단다. 듣던 중 반가운 소리였다. 제조업을 하기 때문에 부침이 심하다. 자초지종을 들으니 대박날 것 같은 느낌이 들었다.

나의 50대는 어땠을까. 쉰부터 많은 변화가 있었다. 첫 에세이집인 『남자의 속마음』도 2009년 쉰 살에 냈다. 주례 역시 그 해부터 섰다. 회사에서 우여곡절도 있었다. 사장 도전도 실패했다. 대신 얻은 것도 많다. 대학 초빙교수는 더 없는 행복을 가져다주었다. 앞으로 6년, 후회 없는 50대의 추억을 만들기 위해 쉼 없이 달려가련다.

103
푹 잔 날 아침

정말 오랜만이다. 새벽 2시 전후로 눈을 뜨지 않은 게 몇 달 만인지 모르겠다. 아무리 늦게 자고, 술을 마셔도 어김없이 눈을 떴었다. 그런 날은 당연히 피곤하다. 나도 사람인데 한두 시간 자고 몸 상태가 온전할 리 있겠는가. 요 며칠 몸이 좀 무거웠다. 낮에도 졸기 일쑤였다. 음식을 잘못 먹은 것도 없는 것 같은데 배도 약간 아팠다. 사람 몸은 예민하기에 반응이 금방 온다.

어제 저녁엔 목도 아프고 한기도 느껴졌다. 아내가 타이레놀을 한 알 챙겨줬다. 잠자리에 누웠는데도 편치 않았다. 그래서 판피린을 하나 더 먹었다. 그랬더니 푹 잔 것 같다. 몸이 개운해졌다. 여덟 시간 가까이 잔 듯하다. 평소보다 두 배 더 잔 셈이다. 누군가 말했다. 잠만 한 보약이 없다고. 더군다나 오늘 저녁 약속이 있어 신경을 쓸 수밖에 없었다.

재경지검 차장검사와 타기관 파견 중인 두 명과 저녁을 하기로 했다. 내가 법무부 정책위원을 3년간 할 때 정책단장을 했던 친구들이다. 나보다는 세 살, 여섯 살 아래다. 검찰 안에서도 촉망받는 아주 유능한 후배들이다. 그동안 지방에서 근무를 해 얼굴을 보지 못했었다. 검사들이 더러 욕을 먹지만 이들처럼 반듯한 사람들도 있다. 앞으로 검찰의 큰 기둥이 될 것으로 확신한다. 아침부터 기분이 좋은 하루다.

104

내 고향 청라와 청우회

소년은 제법 총명하다는 소리를 들었다. 공부도 곧잘 했다. 시골 초등학교지만 한 번도 1등을 빼앗긴 적이 없었다. 부모님의 기대도 물론 컸다. 초등학교 5학년을 마칠 무렵 대전으로 유학 갔다. 누나와 형이 먼저 유학길에 오른 터라 그래야만 하는 줄 알았다. 그 당시 보령시 청라면 소재지에서 대전까지는 다섯 시간 반가량 걸렸다. 그래도 소년에게는 즐거웠다. 소년이 바로 지금의 나다.

가끔 어릴 적 생각을 한다. 고향을 떠나온 지 만 40년이 넘었다. 1971년 늦가을 고향을 떠났다. 그래도 마음의 고향은 언제나 자리 잡고 있다. 지금 시골엔 친인척이 한 명도 없다. 부모님을 모신 선산만 있을 뿐이다. 자주 내려가지도 못한다. 1년에 두서너 번 내려간다. 오랜만에 가도 낯설진 않다. 옛 정취 그대로다. 나를 포근하게 감싸주는 느낌이 든다.

대전으로 유학 갈 당시 5학년 2반. 수도권 지역에 살고 있는 같은 반 친구 열두 명이 모임을 만들었다. 청우회(靑友會). 청라면의 청, 벗 우 자를 땄다. 올해 나이는 54~56세. 열 살에 입학한 학생들도 더러 있었다. 다들 열심히 살고 있다. 1년에 두 차례씩 만난다. 내일이 그날이다. 경기도 파주 오리집에서 만나잔다. 시골 친구들은 언제 만나도 좋다. 40여 년 전 모습 그대로다. 동심으로 돌아가서일까.

105
조선족 어머니

직장생활을 하면서 불문율이 하나 있다. 고등학교 3학년 수험생을 둔 동료에게 진학 대학을 묻지 않는 것. 이유는 딱 한 가지다. 원하는 대학에 들어가는 경우가 극히 드물어서다. 실제로 주변을 둘러봐도 그렇다. 심지어 수도권 대학에 들어간 예도 많지 않다. 다시 말해 서울지역 대학에만 들어가도 실망하지 말아야 된다는 얘기다. 우리 아들 녀석도 커트라인을 통과한 셈이다.

주위의 부러움을 받는 고등학교 동기가 있다. 그 친구는 아들만 둘을 두었다. 학군이 그리 좋지 않은데도 둘 다 우리나라 최고 대학에 들어갔다. 큰놈은 서울대 법대, 둘째놈은 서울대 의대. 대단하지 않은가. 둘은 특별히 과외도 받지 않았다고 했다. 팔불출이라는 소리를 듣더라도 그런 아들을 두었으면 좋겠다. 하지만 그 친구는 아들 자랑을 늘어놓지 않는다.

동네 복집에 가끔 들른다. 상호부터 재미있다. '복 먹고 복 받고'. 매운탕을 아주 잘 한다. 내가 먹어본 복집 중에서 최고다. 길림성 출신인 종업원도 친절하다. 그 종업원이 딸 얘기를 했다. 올해 북경대학교 문과에 들어갔다고 했다. 대단한 재원임에 틀림없다. 영어도 잘 한단다. 마침 검사들과 저녁을 하는 자리여서 우리나라 로스쿨 얘기가 나왔다. 종업원에게 내 명함을 건넸다. "혹시 도움 드릴 일이 있으면 연락하세요." 성공한 조선족 어머니의 표상이랄까.

106
바보로 살아가는 이유

스스로 바보를 자처하는 나다. 남의 말도 100% 믿는다. 요즘 같은 세상에 남을 믿는 바보가 어디 있느냐고 핀잔을 듣기 일쑤다. 그래도 그렇게 살아왔고, 앞으로도 그렇게 살 참이다. 영영 바보를 면치 못할 것 같다.

실제로 어떤가. 대부분의 사람들은 남을 의심하고부터 본다. 곧이곧대로 들으려고 하지 않는다. 이런 경우 소 귀에 경 읽기다. 세상이 아름다울 리 없다. 믿지 못하는 세상을 믿는 세상으로 바꾸고 싶은 게 나의 솔직한 심정이다. 그래서 나부터 남을 믿는다. 남을 믿어서 손해를 본 적도 없지 않다. 하지만 그것을 잊고 산다. 손해를 끼친 그들 역시 마음이 편치 않을 것이다.

난 특히 아랫사람들을 절대적으로 신뢰하는 편이다. 그들에게 모든 것을 맡기고 책임은 내가 진다는 생각을 갖고 있다. 청와대 출입기자단 간사, 노조위원장, 부장, 국장을 하면서도 그렇게 해왔다고 자부한다. 일처리 역시 간단한 보고로 대신한다. 그들에게 더 많은 재량권을 주기 위해서다. 내가 그렇게 봐서 그런지 몰라도 아무런 문제가 없었다고 생각한다. 내가 여전히 남을 믿는 이유이기도 하다. 남을 속이는 게 나쁠까, 남을 믿는 게 바보일까. 정말 남을 이용하려고 하는 나쁜 사람도 있을 터. 그들에게 꼭 해주고 싶은 말이 있다. "영혼이 맑은 사람이 돼라."

107 만학도들의 점심 초대

세월이 참 빠르다. 붙잡을 수 없는 게 시간이라지만 금세 간다. 벌써 종강이 다가온다. 이번 학기 강의를 시작한 게 엊그제 같은데 강의를 마무리할 때가 됐다. 깜깜할 때 집을 나섰는데 요즘은 훤하다. 동이 튼 뒤에 집을 나선다. 나름대로 최선을 다했지만 학생들에게 얼마나 도움이 됐는지는 모르겠다. 역시 평가와 판단은 학생들의 몫이다.

학기가 시작되기 전에 강의록은 만들어 놨었다. 사람 살아가는 얘기 위주다. 교양 과목의 특성을 살리기 위해 쉬운 주제를 선택했다. 그러나 강의록대로 강의를 하지 않았다. 이슈가 있으면 그때마다 주제를 바꿨다. 학생들이 딱딱하게 여겼을 수도 있다. 시사적인 문제에 대해서는 별 관심이 없는 게 사실이다. 강의 내내 변함없는 것이 하나 있다. '성실'과 '정직'이다. 성공의 밑거름이 된다고 역설해왔다.

변변치 못한 강의에도 늦깎이 학생들이 나를 점심 초대했다. 내일이 그날이다. 우리나이로 61, 57, 54세 된 주부 학생들이다. 학번은 72, 76, 79학번이다. 아이들을 다 키우고 요리를 배우기 위해 다시 대학에 들어온 그들이다. 그런 만큼 생활의 여유가 느껴진다. 점심 초대, 고맙지 않을 수 없다. 평생 기억에 남을 시간이 될 듯하다. 내일이 기다려진다.

108
"신부님 존경합니다."

퇴근해서 집에 오니 소포가 하나 와 있었다. 경북 영천에서 '산자연학교'라는 대안학교를 운영 중인 정홍규 신부님이 보내신 것. 신문사로 보냈다가 반송돼 다시 집으로 부쳐주셨다. 신부님의 칼럼집이었다. 제목은 『오산에서 온 편지』. 경상북도 영천시 화북면 오산리 775번에서 따온 듯싶다. 책 겉표지에 나온 신부님의 해맑은 웃음이 인상적이다. 이웃집 할아버지와 같은 푸근함이 느껴진다.

바로 신부님께 문자메시지를 띄웠다. '신부님, 책 오늘 받았습니다. 막 읽기 시작했습니다. 감사합니다.' 신부님도 바로 답장을 주셨다. '와 드디어.' 책은 모두 336쪽. 3분의 1가량을 읽었다. 지난번 처음 뵈었을 때도 느꼈지만 신부님과 나는 통하는 데가 많은 것 같았다. 책을 읽으면서도 남 같지 않았다. 내 자신이 투영됐다는 생각도 들었다. 신부님과 사상이 비슷하다고 할까. 보잘것없는 나를 신부님과 비교한다는 게 외람되기는 하지만.

신부님의 방대한 독서량에 감탄을 했다. 동서양 철학은 물론이고 생물, 우주, 물리, 천체, 경제, 정치, 사회, 문화 할 것 없이 다방면에 걸쳐 전문가 빰치는 식견을 보여주셨다. 신앙생활을 하면서도 책을 놓지 않은 이유일 게다. 신부님과 하기로 했던 토크쇼는 9월로 미뤄졌다. 책을 다 읽고 나면 신부님을 더 많이 알 것 같다. "신부님 존경합니다."

두루미의 학춤 ⓒ김연수

109
잠과 죽음 사이

눈을 감으면 죽는다. 살려면 눈을 떠야 한다는 얘기다. 한 지인이 있다. 부부싸움 끝에 수면제 30알을 먹었다고 했다. 당초 죽을 마음은 없었다. 아내에게 겁을 주기 위해 삼켰던 것. 그랬더니 몸이 나른해지고 졸음이 쏟아지더라고 했다. 이 일을 어찌하랴. 죽기는 싫고, 살아야 되겠는데 눈앞이 캄캄하더란다. 그래서 눈을 부릅뜨고 거실을 돌아다녔다. 결과적으로 작전은 성공했지만 둘은 끝내 이혼하고 말았다.

요 며칠 감기로 고생했다. 오뉴월 감기는 개도 안 걸린다고 했는데 약을 먹어도 낫지 않았다. 벌써 일주일째 접어들었는데도 기침을 계속 한다. 이번 감기는 기침이 특징이라고 했다. 누우면 특히 더 심해진다. 잠을 제대로 잘 리 없다. 나만 못자는 게 아니고 가족들도 못 잔다. 어젠 대구에 갔다 와서 저녁 8시 30분쯤 잠자리에 들었다. 새벽 2시를 전후해 꼭 깨는데 아침 5시 30분까지 푹 잤다. 아홉 시간을 잔 셈이다. 이렇게 잔 게 얼마만인지 기억이 안 난다. 몸도 훨씬 가벼워졌다. 잠이 보약이라는 말을 거듭 실감했다.

죽음은 영원한 수면에 들어가는 것이다. 거기에는 고통도 없을 게다. 그렇다고 내가 죽음 예찬론자는 아니다. 다만 죽음을 두려워하지 않는다. 죽음을 각오하면 두려울 게 없다. 자신감이 생긴다는 것이다. 잠과 죽음을 생각하는 아침이다.

110
족보의 달인들

족보에 능한 사람들이 많다. 남의 신상명세를 훤히 꿰뚫고 있다. 물론 시험엔 나오지 않는다. 기억력이 타고나지 않고는 불가능하다. 솔직히 그 비결을 모르겠다. 이름만 대면 술술 나온다. 그 사람이 태어난 곳은 말할 것도 없고 출신 고등학교, 대학교, 지인들을 줄줄이 꿰고 있다. 인물 시험을 치면 100점을 받을 것이다. 그렇다고 상대방을 아느냐. 그렇지도 않다. 그러면 취미라고 해야 할까.

장관 출신 지인이 있다. 그분도 족보에 관한 한 달인이다. 대한민국 족보를 꿰고 있을 만큼 다양한 사람들을 평한다. 관심이 크다고밖에 볼 수 없다. 그렇지 않고는 타인의 신상을 알 수 없을 터. 고등학교 친구 중에도 두어 명 탁월한 친구가 있다. 그들에게 물어보면 다른 친구들의 근황을 거의 알 수 있다. 이만저만한 정성이 아니다. 그런 친구들이 있기 때문에 동창회가 잘 돌아가기도 한다.

오래 전부터 알고 지내온 선배와 점심을 하기로 했다. 둘이 할 줄 알았는데 선배가 한 분을 더 모시고 나온다고 했다. 그래서 세 명을 예약했다. 함께 나오신 분도 족보에 관한 한 박사였다. 정치권에 오래 몸담아온 분이다. 여야 정치권을 두루 꿰고 있었다. 정치권을 오래 출입한 나를 능가할 정도였다. 그럼에도 그분은 아직껏 배지를 달지 못했다. 중이 제 머리 깎지 못한다는 속담이 생각났다.

111 평생 기자로 살고 싶다

현충일이다. 내일 하루만 연가를 내면 나흘을 쉴 수 있는 황금 연휴다. 기업도 휴가를 적극 권장하고 있다. 일도 좋지만, 휴식도 정말 필요하다. 사람의 몸은 기계와 달라 조금만 이상해도 신호가 온다. 신문사는 토요일 하루만 제작하지 않는다. 따라서 일요일도 근무해야 한다. 평생 달고 사는 업이기에 불평도 하지 않는다. 가족들도 그러려니 생각한다.

현충일마다 집안 행사를 한다. 충남 보령시 청라면 선산에서 성묘를 하는 것. 전국에 흩어져 살고 있는 사촌들이 모두 모인다. 어림잡아 20여 명은 된다. 아버지 남자 형제는 4형제. 한 집에 아들 셋씩이어서 사촌은 열두 명이다. 조카와 당질들까지 참석하면 대식구가 된다. 나는 올해도 참석하지 못했다. 근무가 걸렸기 때문이다. 대전 형님과 동생, 조카는 아침에 내려간다고 전화가 왔다. 대신 다른 사촌들에게도 안부를 전했다.

기자 생활을 하다 보니 사람 노릇을 못할 때가 많다. 결혼식도 일요일에 하면 참석하지 못하고 축의금만 건네기도 한다. 그래서 토요일 아니면, 평일 행사를 좋아한다. 이런 생활 패턴은 언제까지 지속될 것인가. 기자 생활을 그만두지 않는 한 피할 수 없는 숙명이다. 그럼에도 기자는 내 천직이다. 할 수만 있다면 평생 기자로 살고 싶은 것도 솔직한 심정이다.

112
감기, 이렇게 독할 줄이야

결국 큰 병원을 다녀왔다. 열흘이 지났는데도 감기가 떨어지지 않았기 때문이다. 동네 병원을 세 군데다 다녔건만 소용이 없었다. 기침은 계속됐고, 가래도 끓었다. 예전 같으면 감기에 걸려도 하루 이틀 지나면 말끔히 나았었다. 면역력이 떨어져서일까. 이렇게 오랫동안 감기로 고생하기는 처음이다. 병원에서 주사를 맞으면서 간호사에게 물어보니 의외로 여름 감기 환자가 많단다.

감기 때문에 여러 가지 스케줄이 펑크났다. 고향 선배의 호텔 준공식에도 참석하지 못할 판이다. 승용차를 타고 대천까지 갔다 올 자신이 생기지 않는다. 에어컨을 틀고 운행을 할 텐데 감기에 좋을 리 없다. 선배에게는 양해를 구할 생각이다. 또 다른 선배는 형수님과 함께 우리 집을 방문하기로 했었다. 그분에게도 아침에 전화를 걸어 말씀을 드렸다. 토, 일요일 집에서 꼼짝 않고 푹 쉴 계획이다.

감기도 원인이 있을 게다. 곰곰이 생각해 보았다. 그동안 크게 무리한 일은 없었다. 아무래도 너무 일찍 일어난 게 원인이 아닌가 싶다. 보통 2시 30분을 전후로 일어났는데 얼마 전부터 1시쯤 일어났었다. 그것이 누적되다보니 몸에 무리가 온 듯하다. 의사 선생님도 그 점을 지적했다. 우리 신체에도 사이클이라는 게 있다. 이젠 신체 리듬을 바꿀 때가 된 것 같다.

113
아듀, 감기

페친들과의 약속은 지키게 됐다. 금요일 퇴근한 뒤 꼼짝 않고 집에만 틀어박혀 있었다. 지독한 감기와의 사투에 들어간 것. 움직임을 최소화하고 안정을 취했다. 틈만 나면 잠을 잤다. 전화도 걸려오는 것만 받았다. 페이스북도 열어보지 않았다. 조금 전에야 컴퓨터를 켰다. 꼬박 60시간 만인 것 같다. 그래도 월요일에 페친들을 뵐 수 있어 즐겁다. 모두 염려해 준 덕분이다.

감기에서 해방될 수 있는 방법들을 알려주셨다. '도라지를 쪄서 꿀에 쟁여 드셔 보세요.' '약 드시고 푹 쉬시는 게 제일입니다.' '잠깐의 쉼표를 찍어보세요.' '오렌지주스 많이 드세요.' '아프시다는데 '좋아요'를 누를 수가 없네요.' '이 참에 푹 쉬시고 미래를 위해 나부터 아끼고 사랑하십시오.' '생활 패턴에서 해법을 찾기 바랍니다.' '너무 일찍 일어나지 마시고…….' 한 분 한 분의 격려와 위로가 큰 힘이 됐다. 남을 챙겨준다는 것은 쉬운 일이 아니다. 그 정성 잊지 않겠다.

악성 댓글이 판치고 있는 이즈음이다. 페친들, 적어도 내가 알고 있는 페친들은 분명 그들과 다르다. 다시 한 번 감사를 드린다. 월요일을 힘차게 시작할 수 있게 됐다. 몸도 개운해졌다. 내일은 종강하는 날. 행여 대구에 내려가지 못할까봐 걱정도 했다. 긍정의 힘도 있었기에 쾌차할 수 있었다. 이 아침의 기운이 느껴진다.

114
중년의 자화상

대한민국 아빠들은 불쌍하다. 직장에선 이런 저런 일로 스트레스를 많이 받고, 집에서도 별로 대접받지 못한다. 모든 사람이 그런 게 아니라 대부분 그렇다는 얘기다. 용돈도 넉넉하지 못하다. 그렇다보니 여러 사람을 만날 수도 없다. 호주머니 사정이 좋지 않아서다. 조금 무리하면 당장 타격을 입기에 부족한 대로 산다. 40~50대 아주 평범한 가장의 현주소랄 수 있다.

대학생 한 달 평균 용돈이 40~50만 원 정도 된단다. 물가를 감안하면 넉넉한 편이 못될 것이다. 그런데 이보다 용돈을 적게 쓰는 아빠들도 있다니 존경스럽다. 술, 담배를 거의 하지 않아야 가능할 터. 점심도 구내식당에서 해결할 게 뻔하다. 그들인들 밖에서 먹고 싶은 생각이 없겠는가. 가족을 생각해서 절약한다. 하루 세 끼를 구내식당에서 해결하는 알뜰족도 본다.

그래도 가정주부들은 남편보다 나은 것 같다. 각종 모임도 남편보다 많다. 식사 자리도 많을 게 틀림없다. 실제로 제법 근사한 식당에 가보면 여자들이 훨씬 많이 눈에 띈다. 남자들은 손꼽을 정도다. 아내들이여! 남편들을 더 배려하라. 특히 중년의 남편들은 외롭다. 남편에게, 아빠에게 힘을 실어줘야 한다. 남편은, 아빠는 가족이 있는 것만으로도 든든하기 때문이다. 가족은 곧 버팀목이자 힘인 셈이다.

115 대경대 종강하던 날

이번 학기 강의를 마쳤다. 지난해 9월부터 대경대 초빙교수를 맡아 1년 동안 강의를 했다. 경산에 있는 조그마한 직업 전문대이지만 나름대로 보람을 느꼈다. 특히 학생들과 싱싱함을 공유할 수 있어 좋았다. 젊음은 그 무엇과도 비교할 수 없다. 그 자체로 풋풋함이 묻어난다. 마지막 종강 시간. 학생들이 거의 눈에 띄지 않았다. 휴강인 줄 알았단다. 그래서 강의실에 나온 몇몇 학생들과 얘기를 주고받는 것으로 강의를 대신했다.

대구와 인접한 경산에만 대학이 열네 곳이나 된단다. 물론 전문대학을 포함해서다. 가끔 택시를 이용할 때도 있다. "우린 이곳의 대학 때문에 먹고 삽니다. 그러나 몇 년 안에 몇 개의 대학이 문 닫을지 모르겠어요." 택시 기사들의 걱정이 대단하다. 대학들이 주로 시 외곽에 있어 비교적 장거리 주행이 가능하다는 것. 외지에서 오는 손님들이 제법 많아 재미가 쏠쏠하다고 했다.

우리나라 지방대학의 위기가 어제 오늘의 얘기는 아니다. 일부 대학은 학생 수가 적어 문을 닫아야 할 판이다. 고등학교 졸업생보다 대학 정원이 더 많은 형국이다. 대학의 구조조정은 불을 보듯 뻔하다. 특화만이 살길인데 아직도 정신을 못 차린 느낌이다. 적어도 대경대만큼은 일찍이 특화를 시도해 자리를 잡았다. 대학 경영도 선견지명이 있어야 한다.

116
내 강의법

"무슨 강의를 하나요?" 내가 교수라니까 의아해하는 분들이 의외로 많다. 대학에서의 철학 전공도 그렇거니와 석사학위조차 없기 때문이다. 요즘은 석박사들이 수두룩하다. 학위로 따지면 난 강단에 설 자격이 없다. 그래서 학생들에게도 미리 양해를 구한다. 잔뜩 기대했다가 실망할지도 몰라서다. 27년간 기자 생활을 하면서 한눈팔지 않은 게 자산이라면 자산이다.

기자 출신이 강의를 하면 매스컴을 생각하게 된다. 거의 100% 전공을 살려 강의를 하기 마련이다. 그러나 난 다르다. 살아가는 인생 전반의 얘기를 한다면 될 듯싶다. 전공과목이 아니고 교양과목이어서 그런 선택이 가능하다. 달리 교재가 있을 리 없다. 강의록은 준비하지만 그대로 하지 않는다. 그때그때 상황을 봐가면서 이런 저런 얘기를 한다. 물론 시사적인 것도 빼놓지 않는다.

지금까지 1000개 이상의 掌篇에세이를 썼다. 우리 주변에서 일어나는 일들은 거의 언급했으리라고 본다. 하나하나 분석을 해보지 않았기 때문에 정확하지는 않다. 외부 강의가 들어와도 별다른 준비를 하지 않는다. 에세이 가운데 골라 전달하는 방식의 강의를 한다. 모두 사람 사는 얘기여서 그런지 조는 사람은 적은 편이다. 다음 학기 강의 제목은 '남자의 속마음'. 내 첫 번째 에세이집 제목이기도 하다.

117
효도는 살아생전에

부모님 살아생전에 효도하라고 한다. 요즘 어른들이 오래 사시지만 평생 늙지 않는 것은 아니다. 언젠가는 돌아가신다. 당장 오늘, 내일 돌아가실지도 모른다. 나중에 잘해 드리지 하다보면 이미 때는 늦다. 살아계실 때, 건강할 때 더 신경을 써야 한다. 내가 짧은 주례사를 할 때마다 강조하는 대목이기도 하다. 경험담을 들려준다고 할까.

어머니가 2008년 12월 돌아가셨다. 신장암이 원인이었다. 발병 전까지는 다섯 자식 아무도 몰랐다. 종합병원에 가서 종합검진만 했더라도 초기에 발견할 수 있었을 텐데 아쉽기 짝이 없다. 어머니는 그렇게 1년 반가량 고생하시다 눈을 감으셨다. 자식 모두 불효를 한 셈이다. 우리의 부모님들은 대부분 "나는 괜찮다. 너희들이나 신경 써라"라고 말씀하신다. 내리사랑이랄까. 나이 드신 부모님께는 다른 어떤 선물보다 건강검진권이 좋을 듯싶다.

올해 칠순을 맞은 사우나 이발사가 있다. 6월 말 10박 11일 일정으로 유럽 여행을 다녀온단다. 물론 부부동반이다. 1남 3녀의 자녀들이 적금을 들어 1000만원을 마련해 줬다고 했다. 자식 키운 보람을 느낄 법하다. 그렇다. 해외여행도 건강할 때 보내드려야 한다. 그런 집안은 눈으로 보지 않아도 알 수 있다. 화목하다는 것을….

118
대학 후배의 점심 초대

페친이기도 한 대학 여자 후배의 점심 초대를 받았다. 그녀는 지난 3월 왕십리역에서 열린 북 콘서트에 왔었다. 물론 그때 처음 만났다. 작가와 독자로서 상견례를 했던 것. 페북에서 가끔 만났던 기억이 난다. 사흘 전 메시지가 왔다. '선배님, 감기로 고생하신 것 같은데 쾌차하셨는지요. 여의도 계시면 점심 대접하고 싶습니다.' 마다할 리 있겠는가.

페이스북에 올린 내 글을 보고 생각났단다. 점심 약속이 많은 편인데 감기로 보름 동안 약속을 못했었다. 그녀가 근무하고 있는 회사 근처로 갔다. 나를 따끈한 미역국 집으로 안내했다. 식사 후 찻집으로 옮겼다. 여러 얘기를 나눌 수 있었다. 그녀는 대구 출신으로 정치외교학과 87학번. 나보다는 여덟 살 아래였다. 연구원에 있다가 최근 여의도 쪽으로 직장을 옮겼다고 했다. 직장생활 틈틈이 박사과정을 수료하고 논문을 준비하고 있었다. 아내, 엄마 역할 이외에 공부를 한다는 게 쉽지는 않은데도 말이다.

그녀는 당차고 야무진 데가 있었다. 나이가 들수록 의욕이 더 생긴다고 했다. 이것저것 도전한 얘기도 들었다. 다문화 가정에도 관심이 많다고 했다. 이런 여성이 많을수록 우리 사회는 건전해진다. 우리나라 여성계의 보배가 될 게 틀림없다. 선배를 초대해 점심을 함께할 수 있는 넉넉함에 박수를 보낸다.

119
법 좋아하다 망한다

사람들은 왜 자기만 생각할까. 모든 것을 자기 위주로 생각하고 판단하는 것은 인간의 본성이랄 수 있다. 그 정도가 심하면 이기주의자라는 말을 듣는다. 이성이 있기에 이기심을 누른다. 그러나 감정이 이성보다 앞서는 게 또한 인간이다. 감정의 골이 깊어지면 진정, 고소, 고발로 이어진다. 그 다음부턴 자존심 대결이다.

경찰서, 검찰, 법원 문턱 드나들지 않고 큰 병원 신세 안지면 행복한 삶이라고 했다. 평생 그러기는 쉽지 않을 터다. 병원은 그렇지만 수사기관과 법원은 타의에 의해 가는 일도 적지 않다. 참고인과 증인으로 서는 경우가 이에 해당한다. 출석 요구서를 받으면 가지 않을 수 없다. 아무 잘못이 없어도 괜히 찜찜하다. 직장인은 시간을 내는 게 여의치도 않다. 이래저래 기분이 좋을 리 없다.

법원, 검찰과 12년 가까이 인연을 맺어왔다. 9년은 출입기자로, 3년은 법무부 정책위원으로 간여해 왔다. 이런 저런 사건들을 많이 듣고 보아왔다. 웬만한 형사사건은 담당자 못지않은 판단을 하고 있다고 자부한다. 그래서 주변 사람들에게 조언을 하기도 한다. “가능하면 수사기관 문턱을 두드리지 않는 게 좋습니다.” 내 앞에선 고개를 끄덕이다가도 어느 샌가 일을 저지른다. 하여튼 못 말리는 세상이다. 법 좋아하는 사람 치고 잘 되는 법이 없다. 명심할지어다.

120
만남의 원칙

인생은 만남 그 자체라고도 할 수 있다. 무수히 많은 사람들과 만나 인연을 맺는다. 누구든지 혼자 살 수는 없다. 평생 동안 몇 명이나 만날까. 그 수를 셀 수 없을 게다. 불교에서는 옷깃만 스쳐도 인연이라고 한다. 특히 나는 사람을 좋아하고 인연을 소중하게 여긴다. 나를 알고 있는 모든 사람들에게 고마움을 전한다. 그들이 있기에 나도 숨 쉬고 있기 때문이다.

모든 사람이 똑같을 수는 없다. 끌리는 사람이 있는가 하면 왠지 거리를 두고 싶은 사람도 있다. 나에겐 원칙이 있다. 절대로 상대방을 욕하지 않는다는 것. 그러기 위해서는 사람을 만나는 데 신중해야 한다. 내가 싫은 사람은 만나지 않으면 된다. 상대방도 나를 그렇게 생각할지 모른다. 그렇다면 서로 만나서 굳이 욕할 필요가 없다는 얘기다.

법무부 정책위원을 3년간 하면서 많은 위원들과 검사들을 사귀었다. 그중에서 특별히 기억나는 분들이 있다. 위원장을 맡으셨던 허영 명예교수님, 서울대 김태유 교수님, 메가스터디 김성오 대표님, 박은석 · 박균택 검사님. 다섯 분 모두 인품이 훌륭하시다. 분야에서 전문성도 뛰어나다. 이 분들과 저녁을 하기로 했다. 정책단장을 맡았던 박은석 검사가 연락책을 자임했다. 좋은 분들과의 만남은 생활에 활력소가 된다. 빨리 그날이 왔으면 좋겠다.

저어새와 노랑부리저어새 ⓒ김연수

121
스마트폰 만능시대

문명의 이기는 사람을 바보로 만든다. 내 손안의 컴퓨터, 스마트폰이 그것이다. 스마트폰만 있으면 모든 게 해결된다. 만능 백과사전이랄 수 있다. 지식 검색은 물론 표 예매, 금융거래 등 척척박사다. 그것이 없던 옛날에는 어떻게 살았는지 궁금할 정도다. 또 어떤 게 나올지 겁도 난다. 솔직히 안 나왔으면 좋겠다. 지금 것만도 벅찬데 새로운 것이 나오면 또 골치를 썩어야 한다.

페이스북만 해도 그렇다. 스마트폰을 통해 페이스북을 들여다 본 게 얼마 되지 않는다. 그 전에는 몰랐다. 컴퓨터를 통해서만 하는 줄 알았다. 그런데 그게 아니었다. 스마트폰만 있으면 자유자재로 이용할 수 있다. 그러다보니 중독증에 걸렸다고 하소연하는 이들도 본다. 잠자리에 들 때까지 스마트폰을 보다가 눈을 뜨면 또 다시 스마트폰을 찾는다고 했다. 하루 24시간 그것과 같이 하는 셈이다.

지하철 풍경도 마찬가지다. 남녀노소 할 것 없이 스마트폰을 만지작거린다. 가히 IT강국이라 할 만하다. 그런데 왠지 씁쓸하다. 기계처럼 움직이는 똑같은 모습에 넌더리도 난다. 언제부턴가 지하철 무가지도 거의 보이지 않는다. 자연스럽게 퇴출당한 것이다. 하물며 책을 보는 사람은 거의 찾아보기 힘들다. 이래가지고는 문화선진국이라 할 수 없다.

122 성적이 전부는 아니다

인생은 성적순이 아니라고 한다. 맞는 말이다. 학교 우등생이 사회에 나와서도 성공한다는 보장은 없다. 그럼에도 우리네 부모들은 자식들을 채근한다. 공부를 잘해야 성공할 수 있다는 믿음 때문이다. 물론 우등생이 열등생보다 기회는 많을 게다. 우리 사회도 여전히 일류 학교, 우등생을 선호한다. 나와 아내 역시도 하나뿐인 아들에게 기대를 걸었던 게 사실이다. 어느 부모가 우등생 자식을 바라지 않겠는가.

그렇다고 모든 부부가 우등생은 아니었을 터. 자식들에게 그것을 기대하는 것이다. 그래서 위장전입도 하고, 학군 좋은 지역으로 이사도 간다. 서울에서 강남, 목동, 상계동 지역이 인기를 끄는 이유다. 자식의 성공은 부모에게 자랑거리가 아닐 수 없다. 얼마 전 지하철 안에서 60대 초반쯤 되어 보이는 신사 두 명이 얘기를 나눴다. "자식을 낳으려면 류현진 같이 낳아야 되는데." 미국 메이저리그에서 맹위를 떨치고 있는 류 선수를 부러워했다.

그렇다. 공부가 전부는 아니다. 자기 적성에 맞는 일을 하면 된다. 그래야 보람도 느낀다. 너무 성적에 연연해 할 필요도 없다. 성실하고 끈기만 있으면 된다. 학교 동창들을 본다. 당시 우등생이었던 친구들보다는 성실한 친구가 훨씬 잘 산다. 인생의 길고 짧은 것은 대봐야 안다. 성적 지상주의는 자칫 인생을 망칠 수도 있다.

123
한국일보 사태를 보면서

신문사 편집국은 가장 신성한 곳이다. 모든 정보가 한 데 모아지고 신문 편집이 이뤄진다. 활기도 넘쳐난다. 마치 시장바닥 같다. 가끔 데스크의 호통도 쏟아진다. 독자들에게 뜨끈뜨끈한 뉴스를 전달하기 위해서다. 편집권의 독립은 아무리 강조해도 지나치지 않다. 외부의 간섭은 물론 내부의 간여도 배제한다. 한국의 현실은 어떤가. 동상이몽이 생각난다. 녹록하지 않다는 얘기다.

한국일보 사태가 심상찮다. 사측은 편집국을 폐쇄하고, 기자들은 사주의 횡포에 맞서고 있다. 이젠 그들만의 싸움에서 벗어나 전선이 크게 확대되고 있다. 언론단체는 물론 국회에서도 도마에 올랐다. 부끄러운 일이 아닐 수 없다. 한국일보 기자들은 얼마나 참담하겠는가. 기자들은 현장을 뛰고 싶어 한다. 그러나 현실은 그렇지 못하다. 사측도, 노조도 각각 할 말이 있을 터. 하지만 사측의 잘못이 분명하다. 손바닥으로 하늘을 가리려고 해선 안 된다.

급기야 논설위원들까지 집필을 거부하는 사태가 왔다. 외부 필진들도 이에 가세하고 있다. 사측은 감면 제작으로 대응하고 있다. 신문의 질은 보지 않아도 뻔하다. 한국일보를 보는 독자들에게도 예의가 아니다. 집안싸움으로 애독자마저 잃을지 모른다. 독자들의 눈높이는 높다. 기자들을 한낱 기계의 부속품처럼 생각해선 해법이 나올 리 없다. 기자들은 자존심이 생명이다.

124
페북은 내 친구

전 세계 페이스북 사용자가 11억 명에 이른다고 한다. 마크 주커버그 페이스북 창업자가 우리나라에 왔다. 청와대에서 박근혜 대통령도 만났다. 그를 IT의 황제로 예우한 것이다. 그가 삼성전자도 방문했다. 삼성의 최고경영진도 만났다. 그런데 이재용 부회장이 페이스북을 하지 않는다고 한다. 아이러니가 아닐 수 없다.

나도 페이스북 예찬론자다. 단점보다 장점이 많다고 확신한다. 무엇보다 생활의 지루함을 덜어준다. 소통의 장을 마련해주기 때문이다. 모르는 사람과도 대화를 할 수 있다. 그러다가 금세 친해진다. 무엇보다 페친들끼리 예의를 갖춰 좋다. 서로를 공경하는 마음이 가득하다. 페친 중에 서울신문에서부터 인연을 맺어온 분이 있다. 5년 전쯤 이메일을 주고받은 게 인연이 되어 지금까지 연락을 주고받는다.

그분은 독실한 기독교 신자다. 50대 후반. 전라도 광주에서 조그마한 안경점을 하고 계신데 봉사활동도 열심이다. 부인과 1남 1녀가 있다. 이메일을 통해 가족의 안부도 주고받는다. 2009년 9월 서울에서 한 번 뵌 적이 있다. 내가 첫 에세이집 『남자의 속마음』을 내고 서른 분만 초대했는데 광주에서 올라오셨다. 그 뒤에도 소식을 자주 전해온다. 오늘도 '수면'에 관한 글을 보내주셨다. 고맙기 짝이 없다.

125
친정이 좋은 이유

기자의 본업은 글쓰기다. 지면을 메꾸기 위해서는 매일 써야 한다. 그렇다고 글쟁이는 아니다. 팩트를 전달하는 게 기자의 첫 번째 역할로 봐야 할 것 같다. “글 잘 쓰면 무엇하러 기자를 해. 소설가가 되어야지.” 옛날 입사했을 때 선배들이 그렇게 얘기했다. 실제로 그렇다. 기자는 주어진 시간 안에 기사를 쓰고, 속보 경쟁을 한다. 그런 식으로 훈련을 하고, 배운다.

나도 만 27년 동안 기자 생활을 하고 있지만, 내 글에 만족한 적은 없다. 성실히 임해왔을 뿐이다. 잘 쓰고, 못 쓰고는 독자들이 판단할 몫이다. 자기 글이 최고라고 하는 사람은 오만이다. 좋은 글도 겸손함 속에 묻어난다고 생각한다. 아침에 신문을 보다가 한 줄짜리 인사를 발견했다. 언론계 선배가 오랜만에 친정으로 돌아온 것. 모 언론사 주필로 발령이 났다. 십 수년 만에 돌아온 것 같다. 청와대 비서관 등 공직생활도 경험한 그다.

반가운 김에 메시지를 보내고 통화도 했다. “허허, 하꼬방으로 복귀했소이다. 어떻든 Return to Journalism. 즐겁게 일할게요. 감사.” 작은 언론사면 어떤가. 일할 수 있는 공간만 있으면 된다. 나 역시 동병상련이다. 지금 몸담고 있는 곳이 신생 언론사이지만 자부심을 느낀다. 왜냐하면 나에게 공간을 제공해 주었기 때문이다. 일의 중요함을 다시 한 번 실감한다.

126
인생은 도전의 연속이다

처음부터 성공한 사람은 없다. 자수성가한 사람들의 경우 갖은 노력 끝에 결실을 거둔다. 어떤 일도 리스크가 따르기 마련이다. 하지만 위험이 도사린다고 도전을 하지 않고선 성공을 거둘 수 없다. 대학 강의나 외부 강의에서도 '도전'할 것을 적극 권유한다. 이것저것 고려하다보면 기회를 놓치고 만다. 결심이 서면 도전하는 것이 좋다.

전문 강사들이 늘 그렇듯 이론에는 밝다. 그러나 정작 자기 자신에 대해서는 그렇지 않은 예도 허다하다. 이율배반적이랄까. 그럼 나는 어떨까. 무엇이든지 할 수 있다는 자신감은 있다. 도전도 두려워하지 않는다. 내 입에서 '노'라는 말이 나오지 않는 이유다. 지난해 서울신문 사장에 도전할 때도 주위에서 우려를 많이 했다. 하지만 나는 단호했다. 만 25년 2개월 기자로 걸어온 길을 평가받겠다며 출사표를 띄웠다.

결과는 실패였다. 그래도 후회하지 않는다. 얻은 게 더 많다고 확신한다. 몇 개월 쉬면서 사람들을 다시 보게 됐다. 현직에 있을 때와 나왔을 때의 대우는 천양지차였다. 여기서 그만둘 수 없다는 각오로 또 다른 삶에 도전했다. 대학 초빙교수, 논설위원을 다시 할 수 있었던 것도 자신감의 연장으로 본다. 인생은 도전의 연속이다.

127
파이내셜 뉴스 창간 13주년

파이낸셜뉴스에 새 둥지를 튼 지 7개월이 넘었다. 지난해 10월 4일부터 출근했다. 엊그제 같은데 벌써 반년이 흐른 셈이다. 사실 그 전까지지는 파이낸셜뉴스가 있다는 것만 알았지 한 번도 신문을 본 적이 없었다. 종합지에 있으면 경제지, 더구나 마이너지는 잘 보지 않는다. 대구에 강의하러 내려갈 때 서울역에서 신문을 한 부 구입해 처음 보았다. 첫 인상은 제법 열심히 만들고 있다는 느낌이 들었다.

이젠 애정을 갖고 있다. 구성원들 하나하나가 신문을 열심히 만든다. 올해로 창립 13주년이다. 짧은 기간 동안 비약적인 발전을 했다. 적어도 금융 분야에서는 무시 못 할 영향력을 발휘한다. 그만큼 좋은 기사를 많이 발굴해 쓴다는 얘기다. 현장을 뛰고 있는 기자들이 자랑스럽다. 다른 종합지나 메이저 경제지에 비해 처우가 나을 리는 없다. 그래도 사명감을 갖고 현장을 누비는 그들이 있기에 파이낸셜뉴스의 미래는 밝다.

오늘 저녁 그랜드힐튼호텔에서 창립 기념식을 한다. 전 사원이 부부동반으로 참석할 예정이다. 300명가량 참석할 것이라고 한다. 나도 두 번째 이런 행사에 참석하게 된다. 구성원끼리 친목도 도모할 수 있을 것 같다. 파이낸셜뉴스의 식구로서 고마움과 함께 새로운 의욕이 생긴다.

128
페친과의 만남

이틀 전 '페친님과 만남의 시간'을 올린 바 있다. 당초 다섯 분을 초대했었다. 나까지 포함해 여섯 명이었다. 왜 여섯 명이냐고 묻는 분도 있었다. 여섯 명이 넘으면 대화가 분산돼 그렇게 했었다. 그러나 오늘까지 세 분이 초대에 응해 주셨다. 물론 모두 얼굴을 모르는 분들이다. 낯선 사람끼리 만나는 게 쉽진 않다. 고등학교 친구도 이런 말을 했다. "페친도 밖에서 만나?" 온라인을 벗어나기 어렵다는 얘기일 터.

한 달 뒤에 만나더라도 세 분과 모두 통화를 했다. 한 페친은 69년생. 무역업을 한다고 했다. 메시지를 보냈더니 출장지인 LA에서 카톡을 보내왔다. 아직 못 보았지만 열심히 사는 친구 같았다. 무엇보다 목소리에 힘이 있었다. 또 한 분은 91학번 여자분인데 공학을 전공했단다. 인천에 있는 로보트기술연구소 소장으로 있다고 했다. 그분 역시 목소리가 명랑했다. 또 다른 분은 내 또래의 홍보 사업가. 분야에서 잔뼈가 굵은 듯했다. 그래서 일단 넷이 만나기로 했다.

처음 만나는 사람과도 금세 친해질 수 있다. 페친들끼리는 이미 마음이 통한 상태. 만남을 기다리는 시간도 생활의 활력소가 된다. 낯선 사람을 만난다는 설렘 때문이다. 오프라인 모임에 기대를 거는 이유랄까.

129
논설위원의 고민

집안에 가훈이 있다면, 회사엔 사시가 있다. 언론사도 마찬가지다. 편집국과 논설위원실에 큼지막한 사시가 걸려 있다. 회사의 방침에 충실하라는 얘기에 다름 아니다. 사설을 보면 그 신문사의 성향을 알 수 있다. 보수, 진보, 중도의 성격이 드러난다. 사설은 사시를 따를 수밖에 없다. 논설위원들이 고민하는 대목이다.

노무현 전 대통령의 NLL 발언으로 시끄럽다. 정치 담당 논설위원으로서 사설을 쓰지 않을 수 없었다. 제목은 '盧 NLL발언 덮고 넘어갈 수 없다.' 고민해서 단 제목이다. 결국 발언을 전면 공개하자고 주장한 것이다. 그러나 이 사설은 내 생각과 다르다. 사시를 존중해 썼기 때문이다. 나는 솔직히 발언 공개에 반대한다. 공개해서 얻을 게 없는 까닭이다.

한번 보자. 정상회담 발언록을 전부 공개하면 북한이 아니더라도 어떤 나라가 우리나라와 회담을 하려고 하겠는가. 노 전 대통령의 발언은 분명 국민의 정서를 자극했다. 전부 까자고 하는 것은 기분이다. 국익도 생각해야 한다. 모두 공개했을 때 후폭풍은 어떻게 할 것인가. 아침에 각 신문사의 사설을 봤다. 주장하는 바가 저마다 다르다. 하지만 전부 공개해야 한다는 쪽이 많다. 이처럼 팽팽히 맞서 있을 때는 국민의 판단이 가장 중요하다. 우리 국민의 의식을 믿고 싶다.

130
우래옥 냉면

서울엔 맛집이 많다. 강남보다는 강북의 음식점이 유명하다. 광장시장 옆 우래옥, 오장동 냉면, 명동 하동관 등 이름만 들어도 입맛이 돋는다. 어제 저녁 집에 오니 아내가 말한다. "자기 내일 우래옥 가면 안 돼? 엄마가 가고 싶대. 비빔냉면이 맛있다고 하던데." 다리가 불편하셔서 거의 외출을 하지 못하는 장모님이 우래옥을 가고 싶으시단다. 그래서 오케이를 했다.

오전 11시 정각 집을 나섰다. 우래옥까지 40분 정도 예상했다. 정확히 그 시각에 도착했다. 그런데 웬걸. 음식점은 만원이었다. 번호표를 받고 기다렸다. 대기자만 줄잡아 30~40명은 되어 보였다. 아마도 11시쯤부터 손님이 찼을 성 싶다. 외국인도 더러 눈에 띄었다. 우래옥은 그만큼 유명세를 치르고 있는 셈이다. 외국에 분점이 있는 것을 봐도 알 수 있다.

20분쯤 기다리니까 우리를 호출했다. 장모님은 5년 만의 외출이었다. 아내는 쉰 평생에 처음이고, 아들 녀석도 처음 갔다. 불고기 2인분에 비빔냉면 세 개, 공기밥 한 개를 시켰다. 가격은 조금 부담스럽다. 불고기 1인분이 2만 9,000원. 냉면은 1만 1,000원. 물론 맛은 만족스럽다. 장모님, 아내, 아들 녀석 모두 맛있게 먹었다. 특히 장모님이 좋아하셨다. "인재 아범, 호텔보다 훨씬 나은 것 같애." 입맛에 맞는 음식을 사드리는 게 도리다.

131
보스와 의리

한 치 앞도 내다볼 수 없는 게 인생이다. 당장 오늘 내일 죽을 수도 있다. 때문에 지금 잘 살아야 한다. 나중에는 의미가 없다. 오늘 열심히 살라는 얘기다. 오늘 열심히 사는 사람들은 내일도 있고, 미래도 보장된다. 현재 어렵다고 꾀를 부리면 안 된다. 의리도 지켜야 한다. 그런데 편하게 살려고 하는 사람들이 많다. 눈앞의 이익 때문이다.

박근혜 정부에서 2인자로 통하는 분이 있다. 누구라고 안 해도 다 알 것이다. 그분을 처음 본 것은 1998년이다. 내가 한나라당 출입 반장으로 있을 때다. 당시 대변인 행정실에 있었다. 그때의 기억이 또렷하다. 행정실에 여러 명이 있었지만 그만큼 열심히 하는 사람을 보지 못했다. 그야말로 대기만성형이었다. 성실성을 인정받아 비례대표 의원도 지냈다. 보스를 위해서는 몸을 던지는 것도 두려워하지 않는다. 무엇보다 보스와의 끈끈한 인간관계는 타의 추종을 불허한다.

그분에게 저간의 사정을 메시지로 보냈다. 워낙 바쁜 분이라 전화하는 것보다 메시지를 택했다. 바로 답장이 왔다. '와우, 그랬구나. 몰랐네. 천하의 오풍연 선생 천천히 한번 봐요. 지금은 넘넘 거시기 해.' 나를 잊지 않고 있는 게 고마웠다. 사실 못 본 지도 10여 년이 넘는다. 오래 못 만나도 이심전심이다.

132
욕심과 나

월요일이다. 기분이 상쾌하다. 날씨도 그렇게 덥지 않다. 월요일을 상큼하게 출발해야 한 주를 잘 마무리할 수 있다. 그러려면 어떻게 해야 할까. 긍정적이고 낙관적으로 생각해야 한다. 살다보면 기분이 절반을 차지할 때도 있다. 내가 과거, 지난날을 후회하지 않는 이유다. 과거를 자꾸 되돌아보면 앞으로 나아갈 수 없다. 앞만 보고 달려가라는 얘기다.

"인재 엄마, 좋은 일이 있을 것 같은데." 아침 식사 후 커피를 마시면서 아내에게 말했다. "자기 무슨 좋은 일 있어?" 물론 없다. 그렇게 생각하고 있는 것이다. 보통 아내가 생각하는 것은 남편의 승진이나 좋은 직장으로의 이직을 바란다. 월급봉투의 두께도 생각해서 그럴 게다. 남편의 입장에서도 그러고 싶다. 하지만 현실은 그렇지 못하기에 고민이 있다.

가장 금물은 욕심이다. 욕심이 지나치면 화를 자초한다. 매사가 그렇다. 사람인 이상 욕심이 없을 수는 없다. 정도껏 욕심을 내야 한다. 능력 밖의 그 무엇을 바라면 안 된다. 나 스스로는 욕심을 버린 지 오래라고 얘기한다. 그런데 가족의 눈에는 그렇게 비치지 않는 모양이다. "아빠도 욕심이 많아." 욕심을 부려서는 좋은 일이 생길 수 없다. 눈높이를 낮추는 것도 필요하다. 나 자신을 거듭 반추한다.

딱새 ⓒ김연수

133
글 쓰는 방식

'사람 사는 세상은 똑같다. 나는 그저 우리 주변의 삶을 노래하고, 글을 쓰면서 행복을 찾는다. 그래서 글을 쓰는 순간이 가장 즐겁다.' 한 분이 트위터에 내 글을 올렸다. 다섯 번째 에세이집인 『그래도 행복해지기』에 나오는 글귀다. '내 작은 행동이 힘에 겨운 누군가에게 희망이 된다면 그보다 더 행복한 일은 없을 것이다.' 이 대목 역시 같은 책에 나온다.

실제로 나는 작은 데서 행복을 찾는다. 행복은 멀리 있지 않고 가까운 데 있다고 믿고 있기 때문이다. 글 쓰는 것도 그렇다. 쓰고 싶으면 아무 때고 쓴다. 꼭 의무적으로 써야 한다는 생각은 갖고 있지 않다. 그게 지나치면 강박관념에 사로잡히게 될 터. 남에게 보여주기 위해 쓰는 것도 결코 아니다. 나의 자화상이라고 할까. 동시대에 살고 있으면 나와 같은 생각을 갖고 있으리라고 본다. 그래서 부담감이 없다.

예전보다 글을 올리는 횟수가 늘었다. 페이스북에 하루 한 개 정도 올렸는데, 요즘은 두 개꼴이다. 물론 세 개 이상 써본 적은 없다. 다음 글은 무엇을 쓸지 나도 모른다. 그냥 그때그때 생각나는 대로 옮긴다. 따라서 주제를 정해 놓을 리 없다. 발길 닿는 대로 주유천하하는 느낌이다. 掌篇 에세이가 한 개 한 개 늘 때마다 행복감을 느낀다.

134
반려동물은 내 친구

개와 고양이는 반려동물이다. 그중에서도 사람과 더욱 가까운 것은 개다. 요즘 홀로 사는 노인 등 1인 가족이 많다. 그들에게 가장 절실한 것은 말벗. 하루 종일 말을 하지 않고 지낸다고 생각해보라. 그보다 더한 지옥이 없을 것이다. 그렇다고 혼자 중얼거리는 것도 이상하다. 반려동물이 있으면 다르다. 그들과 대화를 한다. 개는 사람 말을 곧잘 듣는다. 눈치도 빠르다. 영리하기 짝이 없다.

우리 집에도 개가 종종 방문한다. 사업을 하는 처제 네가 부득이하게 집을 비울 일이 생기면 우리 집에 맡긴다. 이름은 셴. 암놈으로 열 살배기다. 사람 나이로 따지면 쉰을 넘겼다. 내 또래로 생각하면 될 것 같다. 원래 개를 싫어했었다. 냄새 나는 것을 좋아하지 않았기 때문이다. 개똥과 오줌도 질색이었다. 그런데 한두 해 전부터 달라졌다. 놈이 측은한 생각이 들었다. 그래서 예뻐하게 됐다.

회사에 출근할 때 맨 먼저 현관에 나와 배웅하는 녀석도 놈이다. “잘 다녀오세요. 돈 많이 벌어오세요” 하면 넙죽 절을 한다. 퇴근해서도 마찬가지다. 현관에 도착하면 가장 먼저 뛰쳐나온다. 좋아서 어쩔 줄 모른다. 쓰다듬어주면 머리를 박고 난리다. 아침 페이스북에 사진을 올린 것도 놈이 기특해서다. 동물을 사랑하자.

135
학점은 후하게

대부분의 대학들이 지난주까지 기말시험을 치렀다. 이번 주부터 방학에 들어간 셈이다. 시험을 치면 바로 학점이 나온다. 요즘은 좋아져서 학교 홈페이지에 들어가 ID만 치면 자기 학점을 확인할 수 있다. 나도 지난주 학생들에게 점수를 줬다. 모든 학생들에게 만점을 주고 싶지만 그럴 수 없다. 부득이 서열을 매겨야 한다. 학교 규정이 그렇다.

1980년대 중반 언론사 입사시험엔 특전이 있었다. 전공, 학점 불문이었다. 그래서 문과 출신들이 대거 지원했다. 경쟁률은 수백 대 1. 내 전공은 철학. 당시 일반 기업에서는 환영받지 못했다. 데모를 많이 한다는 이유에서였다. 사학, 심리학, 사회학, 정치학과도 비슷한 대우를 받았다. 게다가 난 학점도 좋지 않았다. 4학년 1학기까지 2.99점. 마지막 학기에 신경을 써 B학점을 겨우 넘었다. 졸업학점은 3.02점.

지난해 대경대 초빙교수로 출강하면서 4년간 성적표를 뗐다. 그것을 아들 녀석이 보았다. "아빠 D학점이 다섯 개나 되네." 나도 그때 처음 알았다. 대학을 졸업한 지 30년 가까이 되지만 기분이 나빴다. 학생들에게 가급적 좋은 성적을 주려고 하는 이유이기도 하다. 최소한 C학점 이상을 준다. 그래도 시험 없는 세상이 더 좋을 듯싶다.

136
경쟁력은 자기와의 싸움에서 나온다

좋은 머리도 집념과 끈기엔 당할 수 없다. 성공한 사람들을 보면 공통분모가 있다. 남보다 더 열심히 일을 한다는 것. 특히 집요함이 있다. 그렇지 않고선 뜻을 이룰 수 없다. 좋은 분들과 유쾌한 저녁을 했다. 법무부 정책위원을 함께 했던 분들과 만났다. 이름만 대면 모두 알 수 있는 분들이다. 나하고는 개인적인 인연도 유별나다고 할까.

서울대 교수로 계신 분이 얼마 전 책을 한 권 냈다. 제목은 『은퇴가 없는 나라』. 부제는 '국가경제를 이모작하라.' 삼성경제연구소에서 펴냈다. 그분은 모두 일곱 권의 저서를 낼 계획을 갖고 있다. 역사책 네 권, 경제서적 세 권. 그 가운데 경제서적 한 권이 나온 것이다. 공대를 졸업한 뒤 경제학 박사를 받았다. 공직도 경험했다. 다방면에 걸쳐 박식하다.

책은 그냥 나온 것이 아니다. 2006년부터 모든 모임을 끊었다고 했다. 책을 쓰고 연구를 하기 위해서다. 초 · 중등, 대학 동창회는 한 번도 나가지 않았다고 했다. 결혼식에는 참석하는 대신 축의금만 보낸다. 상가는 부득이한 경우만 얼굴을 잠깐 내민단다. 나머지 시간은 학교 연구실에서 보낸다. 토, 일요일도 없다. 점심은 도시락으로 때운다. 1년 365일 중 340일가량 학교에 출근한다고 했다. 경쟁력은 결국 자기와의 싸움에서 나온다. 명심하자.

137
유산과 노후대비책

5년 전 어머니 상을 치르고 형제끼리 모였다. 우리는 3남 2녀. 내가 먼저 말을 꺼냈다. "우리는 어머니께 고마워해야 돼. 형제끼리 싸울 일이 없잖아." 다른 형제들이 의아해했다. 내가 설명을 했다. 유산을 한 푼도 남기지 않으셨으니 싸울 일이 있겠느냐고 반문했다. 그제서야 형제들이 내 말뜻을 알아듣고 고개를 끄덕였다.

부모의 재산 때문에 다투는 형제들이 의외로 많다. 거의 전부 다라고 해도 과언이 아닐 성싶다. 한 푼이라도 더 갖고 싶기 때문이다. 사람인 이상 다르지 않다. 부모도 재산이 있어야 자식들이 찾아온다. 대신 목돈을 갖고 있으면 안 된다고 말한다. 부모가 큰돈이 있는 것을 알면 자식들이 어떻게든 빼어간다는 것. 자식이 와서 보채면 부모가 돈을 내주지 않을 수 없다. 그게 부모의 마음이다.

지인이 지혜를 알려준다. 매달 얼마씩 나오는 연금보험을 들으란다. 그래야 자식들 신세 안지고 편하게 노후를 보낼 수 있다고 했다. 가만히 생각해보니 맞는 말이었다. 나는 어떤가. 국민연금밖에 없다. 62세까지 부어야 현 시세로 130만 원 정도 받는다. 그게 전 수입인 셈이다. 이것 가지고는 턱없이 부족할 터. 더 일을 할 수밖에 없다. 베이비부머 세대들이 공통으로 안고 있는 고민이랄 수 있다. 그렇다고 비관은 하지 말자. 길은 얼마든지 있다.

138
인연을 쌓으려면

인연은 내가 먼저 챙겨야 한다. 그래야 오래 간다. 작지만 먼저 손을 내밀어야 한다는 뜻이다. 난 원칙이 있다. 전날 모임을 가진 분들에게는 그 다음날 반드시 연락을 한다. 전화를 하거나 메시지를 보낸다. 음성을 듣는 게 가장 좋지만 시간상 메시지가 좋을 때도 있다. 메시지는 나중에 봐도 되기 때문이다.

다섯 분과 저녁을 했다. 그중 세 분과는 1년 몇 달 만에 만났다. 반갑기 그지없었다. 나만 그런 것이 아니라 그분들도 정말 반가워했다. 그래서 연말에 또 만나기로 했다. 이처럼 모임은 좋다. 이튿날 다섯 분에게 똑같은 메시지를 보냈다. '어제 즐거웠습니다. 연말을 기대하겠습니다.' 한 분도 빠짐없이 답장이 왔다.

'여전히 밝고 활기찬 모습 반가웠어요. 늘 즐거운 생활하세요. 고맙습니다.' 최고 연장자였던 고등학교 24년 선배님의 격려 메시지다. '자주 연락 못 드려 죄송합니다. 늘 뵙고 싶었는데. 좋은 인연 이어가고 싶습니다.' '저도 참 즐거웠습니다. 또 불러주시면 고맙지요. 더운 여름에 감기 어서 나으세요.' '선배님, 즐겁고 많이 배울 수 있는 시간이었습니다. 하반기에 두 위원님도 모시도록 하겠습니다.' '어제 귀한 자리 만들어 주셔서 고맙습니다. 좋은 날 되시기 바랍니다.' 손바닥도 마주쳐야 소리가 나는 법. 인연도 마찬가지다. 정이 오갈 때 사랑도, 믿음도 생기기 마련이다.

검은머리갈매기 ⓒ김연수

139
젠틀맨으로 살다

이름 대신 쓰는 게 있다. 별명이다. 대부분 그 사람의 언행이나 특징에서 따온다. 나도 20대 후반부터 들은 별명이 있다. '젠틀맨'이다. 1987년부터 검찰을 출입했는데 이듬해 한 간부가 붙여줬다. 내 나이 스물아홉 살 때다. 우리말로 하면 '신사'다. 근사한 별명임에 틀림없다. 만 25년 동안 그 별명을 들은 셈이다.

솔직히 부담스럽기도 했다. 하지만 지금은 고마움을 느낀다. 그 별명 때문만은 아니지만 부끄럽지 않게 살아왔다. 젠틀맨이 부정한 짓이나 허튼 수작을 부릴 수야 없지 않았겠는가. 정직하게는 살아왔다고 말할 수 있겠다. 무엇보다 신사라면 언행을 조심해야 한다. 조금만 신경을 쓰면 못할 바도 없다. 상대방의 감정을 건드려서는 안 된다. 특히 말은 한 번 뱉으면 다시 삼킬 수 없다. 신중에 신중을 거듭해야 하는 이유다.

한 여름에도 꼭 정장 차림을 하고 다닌다. 아예 반팔 셔츠가 없다. 모두 긴소매 와이셔츠뿐이다. 어떤 모임에 가더라도 꼭 지키는 철칙이 있다. 아무리 더워도 손님이 모두 오기 전까지 양복 상의를 벗지 않는다. 왜 벗지 않느냐고 묻는 분들도 있다. 상대방에 대한 예의라고 생각한다. 전원 자리에 앉으면 맨 윗분의 양해를 구한 뒤 옷을 벗는다. 간단하지만 신사의 예의 아닐까. 예절은 작은 것부터 지킬 때 몸에 밴다.

140
싼 주유소를 찾는 이유

값도 싸고 질도 좋다면 누가 마다할까. 금상첨화일 터. 착한 가격이 인기다. 물론 명품은 가격에 별로 구애받지 않는다. 하지만 싼 가격을 싫어할 사람은 없다. 휘발유 값이 대표적이다. 유럽의 경우 기름을 넣으려고 국경을 넘는다. 장사진을 친 외신 사진도 가끔 본다. 캐나다와 미국도 마찬가지다. 국경을 넘더라도 기름 값이 빠지기 때문이다.

서울도 예외가 아니다. 각 구마다, 주유소마다 기름 값이 다르다. 1리터 당 최고 400~500원 차이가 나기도 한다. 비싼 주유소에서 기름을 넣으면 왠지 손해 본 느낌이 든다. 그러나 대부분의 고객들이 단골 주유소를 이용한다. 기름 값은 눈여겨보지 않는다. 나도 예전엔 그랬다. 서울 여의도 국회의사당 앞에 있는 주유소를 이용했다. 알고 보니 서울에서 가장 비싼 곳이었다. 그 주유소는 얼마 전 바뀌었다. 가격도 내렸다. 오명을 씻기 위해서 그랬을 것으로 본다.

요즘은 싼 주유소를 이용하고 있다. 오늘 아침에도 기름을 넣었다. 1리터 당 1,845원. 영등포구 안에서도 싼 곳으로 소문나 있다. 집에서 조금 떨어져 있긴 하다. 가득 채우면 비싼 곳에 비해 1만 원 가까이 절약된다. 덩달아 기분이 좋다. 1만 원을 번 기분이다. 아끼는 것은 생활의 지혜다. 인터넷에서 싼 주유소를 검색하면 바로 나온다. 절약 역시 습관처럼 굳어져야 한다.

141
나작가(?)

나는 작가일까. 나는 "그렇다"고 얘기한다. 자평하고 있는 셈이다. 잘 썼든 못 썼든 에세이집을 여섯 권이나 냈다. 하지만 나를 알고 있는 많은 사람들은 나를 기자로 알고 있다. 지금도 기자 생활을 하고 있으니 그럴만도 하다. 나를 작가로 알고 있는 사람은 드물다. 내가 쓴 책을 보거나 읽지 않았기 때문이다. 주변 사람들마저 이러니 일반 독자들에게 잘 알려질 리 없다.

사람들이 나에게 묻는다. 어떻게 불러주는 것이 가장 좋으냐고. 나 역시 '기자'로 불리는 것을 좋아한다. 한 번 기자는 영원한 기자랄까. 나에게 교수와 작가는 부업이라고 할 수 있다. 그런 기회를 준 대학 측과 출판사 측이 고맙다. 세 가지 직업을 가졌으니 더 이상 무엇을 바라겠는가. 이 중 작가는 평생 비정규직이다. 수입이 보장될 리도 없다. 나 같은 무명에게 인세 수입은 그림의 떡이다. 전업 작가들의 고충을 알 만하다.

나의 글쓰기는 언제까지 계속될까. 나도 모른다. 지금 쓰고 있는 것처럼 끊임없이 쓸 참이다. 책으로 펴낼지는 알 수 없다. 그것은 출판사 측의 고유 권한이기 때문이다. 작가가 책을 내고 싶다고 낼 수 있는 게 아니다. 자비로 출판하지 않는 한 출판사 측에 맡길 수밖에 없다. 일곱 권째 에세이집도 3분의 2가량 원고를 완성했다. 글을 쓰고 있는 자체만으로도 가슴이 벅차고 감사한 마음이다.

142
장모님의 손맛

산해진미라는 말이 있다. 잘 차린 음식을 말한다. 먹는 즐거움이 최고다. 사람이 먹지 못하면 죽는다. 그래서 '밥심으로 버틴다'고 한다. 어떤 보약도 필요 없다. 잘 먹으면 건강하고 오래 산다. 나는 인복뿐만 아니라 식복도 타고났다. 얻어먹더라도 정말 잘 먹는다. 한 번도 굶어본 적이 없다. 또 맛있게 먹는다. 맛없게 먹으면 복이 달아난다고 하지 않던가.

우리나라는 물론 전 세계 음식을 거의 먹어봤다. 5대양 6대주를 돌아다녔기 때문이다. 각 대륙의 음식을 맛본 셈이다. 그것도 최고의 호텔 요리를 경험했다. 2000년대 초반 청와대 출입기자로서 덕을 본 것이다. 당시 40여 개국을 다녀왔다. 정상들은 최고급 호텔에 묵는다. 수행 기자들도 마찬가지다. 국내 음식점도 여러 곳을 이용한다. 내로라하는 셰프가 있는 곳이다.

그래도 내가 가장 좋아하는 것은 집밥. 장모님이 해주시는 음식이 제일 맛있다. 가급적 저녁 약속을 하지 않고 집에서 밥을 먹는 이유이기도 하다. 일류 한정식집 보다 훨씬 맛있다. 손맛이 좋아서 그럴 게다. 된장찌개, 갈비찜, 잡채는 최고다. 김치는 말할 것도 없다. 예전엔 집에서 손님들을 많이 치렀었다. 요즘은 장모님의 다리가 불편하셔서 집으로 사람들을 부르지 못한다. 어제 저녁도 비빔국수를 해주셨다. 장모님의 건강을 기원한다.

143
다시 걷다

새벽 걷기 운동을 다시 시작했다. 올 들어 처음 공원에 나갔다. 작년 겨울 이후 운동을 멈췄었다. 특별한 이유가 있었던 것도 아니다. 그냥 나가지 않으니까 귀찮았다. 그래서는 안 된다는 것을 알면서도 몇 달을 쉬었다. 집 주변에 걸을 만한 장소가 많다. 아파트 후문을 나가면 바로 당산공원이 있다. 또 안양천이 가깝다. 마음만 먹으면 얼마든지 걸을 수 있다.

가까운 당산공원으로 갔다. 영등포 구청을 끼고 있다. 동네 한복판에 있어 주로 노인들이 많이 이용한다. 아침에 걷는 사람들 역시 대부분 어르신네다. 나보다 젊은 사람들은 찾기 어렵다. 지난해까지 보이던 할머니 몇 분은 안 보였다. 돌아가신 걸까. 노인들은 오늘까지 괜찮다가 내일 돌아가시기도 한다. 그렇게 죽으면 행복한 편이다. 죽는 고통이 가장 크다고 하지 않던가.

양말을 신지 않고 맨발에 운동화를 신었다. 늘 그렇게 해왔다. 그런데 공원을 몇 바퀴 도니까 발가락과 발뒤꿈치가 쓰렸다. 열 바퀴를 돌고 신발을 벗고 보니 모두 까졌다. 그동안 운동을 멀리 한 탓이다. 앞으로 며칠간 고생을 좀 할 것 같다. 그렇다고 운동을 그만둘 생각은 없다. 운동 역시 자기와의 약속이다. 새벽에 운동을 하면 하루 종일 기분이 상쾌하다. 걷자. 운동이 최고의 보약임은 새삼 강조할 필요가 없다.

144 박인비의 쾌거

대한민국 낭자들은 정말 대단했다. 오늘 새벽 미국 여자프로골프(LPGA) US여자오픈 최종라운드를 시청했다. 새벽잠이 없는 탓에 앞서 치러진 3라운드도 모두 지켜봤다. 마지막 날 스코어보드 상단에는 한국 선수 세 명이 나란히 올랐다. 박인비-김인경-유소연 순. 언더파를 기록한 선수는 우리 선수들뿐이었다. 월등한 실력을 뽐낸 셈이다.

박인비는 올해 메이저 3연승을 포함, 6승을 거뒀다. 63년만의 대기록이라고 한다. 박 선수는 운이 아니라 실력으로 금자탑을 쌓았다. 어떠한 상황에서도 서두르지 않았다. 배짱도 대단했다. 거의 표정도 없다. 다른 나라 선수들이 얼 만하다. 퍼팅은 거의 신기에 가까웠다. 각국의 언론들은 '짠물 퍼팅'으로 보도한다. 아이언샷도 좋은 데다 퍼팅까지 완벽에 가까우니 당분간 그의 시대가 계속될 것 같다.

스포츠가 국민 사기에 미치는 영향은 크다. IMF로 고통 받던 1998년 박세리가 US여자오픈을 제패해 국민들에게 자긍심을 심어줬다. 당시 신발을 벗고 연못에서 한 샷은 아직도 기억에 생생하다. 그 이후 김미현, 신지애 등 기라성 같은 선수가 국위를 선양했다. 일본에서도 전미정 선수가 종횡무진 활약하고 있다. 자랑스럽다. 한국 낭자들이여!

145 대학 친구의 전화

거의 유일하다시피 한 대학 친구가 있다. 암울했던 시절, 정말 친하게 지냈다. 우린 둘 다 지방 출신. 난 대전, 그 친구는 제주에서 고등학교를 나왔다. 똑같이 재수를 해 동갑내기다. 키는 내가 180cm, 그 친구는 160cm 가량 됐다. 그래서 둘이 함께 다니면 다 알아볼 정도였다. 둘이 술도 정말 많이 마셨다. 한 자리에서 소주 열 병은 거뜬히 비웠다. 술에 관한 일화도 많다.

난 대학 3년을 마치고 군에 가고, 그 친구는 계속 공부를 했다. 연락이 뜸할 수밖에 없었다. 기자 생활을 하다 보니까 자주 만나지 못했다. 친구는 박사학위를 받고 고향 제주로 내려갔다. 더더욱 만남을 갖기 어려웠다. 그러다보니 사실상 연락두절 상태로 지냈다. 무슨 일을 하고 있다는 사실만 어렴풋이 알고 있었다. 내가 직장에 들어온 뒤 한두 번밖에 만난 기억이 없다.

그런데 회사로 한 통의 전화가 걸려왔다. 그 친구였다. 다른 대학 동기에게서 내 소식을 듣고 전화를 해온 것. "칼럼니스트로 유명해졌다며?" 첫 마디가 그랬다. 인터넷에서 내 이름을 검색해봤다고 했다. "무슨 소리." 뒤늦게나마 미안함을 전달했다. 친구로부터 전화번호를 받고 보니 이미 입력돼 있었다. 마음만 먹으면 얼마든지 연락을 할 수 있었는데 무심했던 셈이다. 앞으론 같은 우(愚)를 범하지 말아야 되겠다.

146
제주서 1박 더한 사연

다시 연락이 닿은 제주 친구에겐 신세를 많이 졌다. 나의 대학 생활은 동가식서가숙(東家食西家宿). 당시 그 친구는 성산동의 제법 근사한 단독주택에 살았다. 친구 아버님이 대한항공 간부로 계셨기에 가능했던 것. 그 집에서 먹고 자기를 수없이 했다. 친구 어머님과 누님, 동생들도 잘 대해줬다. 지금 생각해도 고맙기 짝이 없다.

1987년 11월 결혼식을 한 뒤 제주로 신혼여행을 갔다. 당시 친구 아버님은 회사를 그만두시고 고향 서귀포 돈내코 농장에 내려와 계셨다. 아내와 함께 친구 아버님을 찾아뵈었다. 정종과 소고기를 사 가지고 갔다. 아버님은 우리 부부가 온다고 동네 가게에서 토종닭을 시켜놓고 기다리셨다. 친구 아버님과 술을 거나하게 마셨다. 아버님은 2차를 하자면서 농장으로 안내하셨다. 그곳에서 또 양주를 마셨다. 저녁 서울행 비행기표를 끊어놓고 있었는데 사단이 벌어진 셈이다.

친구 어머님은 "술을 너무 많이 마셨다"며 남편을 나무랐다. 제주 공항에 도착했다. 그러나 비행기를 타지 못했다. 취객을 태울 수 없다는 항공사의 규정 때문이었다. 그래서 부득이 1박을 더했다. 서울 처갓집에서 우리 부부를 기다리고 있던 친척들은 발을 돌렸었다. 그 아버님이 지난해 팔순 잔치를 했단다. 조만간 제주에 가서 친구도, 아버님도 만나고 싶다.

147
솔직, 담담, 그리고 글쓰기

'뭔가 꾸미지 않은 솔직함(?). 저만 느끼는 것일지도 모르지만 편안하게 다가왔어요♥^^. 일상에서 느끼는 일들을 그렇게 담담하게 표현하시는 점도 좋구요♥. 108배는 한번 해 보고 싶다는 생각도^^. 한자와 국어사전 공부도요.' 얼굴도 모르는 분이 트위터로 메일을 보내왔다. 사진을 볼 때 여자 분이라는 사실만 알고 있다.

내 책 『천천히 걷는 자의 행복』을 읽고 보낸 듯했다. 그 성의가 고맙지 않을 수 없다. 그래서 답장을 보냈다. '책을 보셨군요. 감사드립니다.' 바로 답 메일이 왔다. '제가 더 감사드리지요~♥♥♥^^. 비는 이렇게 오지만 내리는 빗방울 개수가 모두 행복의 개수만큼 되는 이쁜 하루 되세요♥♥♥.' 님의 문학적 소양이 나보다 훨씬 뛰어난 것 같다.

나는 예쁜 글을 쓸 줄 모른다. 그렇게 하려고 노력도 하지 않는다는 표현이 가장 정확할 성싶다. 있는 그대로를 옮기기에 그렇다. 님이 말한 대로 주제도 일상이다. 보통 사람끼리 주고받는 소소한 삶을 노래한다고 할까. 글 속의 주인공은 모두 사람이다. 물론 지인들이 많다. 전혀 모르는 사람도 종종 등장한다. 소재에 목말라하지 않는 이유이기도 하다. 님과 같은 분이 한 명만 있어도 글을 계속 쓸 참이다. 이를테면 '오풍연 스타일로'. 님에게 거듭 감사함을 전한다.

148
'저에겐 신선한 충격이었습니다.'

얼마 전 한 통의 쪽지가 날아왔다. '에세이를 여섯 권이나 내셨다 하시니 대단하십니다. 저는 7월에 첫 칼럼집 출간을 앞두고 있으니 이제 시작 단계에 불과합니다. 방금 게시판에 올라온 기자님의 글을 읽으면서 초면이지만 간단하게나마 인사드리고 싶었습니다. 특별한 재주는 없지만 단 하루도 글을 쓰지 않으면 존재감을 느끼지 못하는 사람입니다.' 그와의 인연은 이렇게 시작된다.

그는 한 인터넷뉴스에 글을 쓰고 있는 칼럼니스트였다. 내가 한 카페에 올린 글을 보고 쪽지를 보내온 것. 바로 답장을 보낸 뒤 메일을 주고받고, 전화통화를 하는 사이로 발전했다. 나보단 세 살 아래였다. 대학에서는 신학을 공부했단다. 주로 시사와 역사 분야 칼럼을 쓰고 있었다. 공부를 많이 하는 분으로 여겨졌다.

'이렇게 편지 교환한 지 몇 번 되지 않는 상황에서 연락처도 먼저 알려주시고 초대까지 해주신 분은 위원님이 처음이었기에 저로서는 놀라지 않을 수 없었습니다. 물론 위원님의 그동안 살아오신 모습으로 뵈올 때 긍정적이고 낙천적인 성격이시기에 저에게 그렇게 손을 내미셨는지는 모르겠습니다만, 위원님의 그런 모습은 저로서는 신선한 충격이었습니다.' 그렇다. 인생이 별 게 아니다. 사람끼리 서로 연락을 주고받으며 살면 된다. 어렵게 생각 말고 쉽게 생각하자. 그러려면 내가 먼저 손을 내밀어야 한다.

재두루미 ⓒ김연수

149
임종

임종을 보는 사람은 따로 있다고 한다. 환자가 언제 죽을지도 모르고, 곁에 항상 붙어 있을 수도 없기 때문이다. 남편이나 아내 등 배우자는 대부분 임종을 지켜본다. 그러나 자식들도 임종을 지켜보는 게 쉽지 않다. 직장생활을 할 경우 자리를 비우고 옆을 지킬 수 없는 까닭이다. 나 역시 부모님과 장인어른의 임종을 지켜보지 못했다. 불효를 한 셈이다.

팔순이 넘은 부모님이 자식의 임종을 지켜보는 심정은 어땠을까. 그 자식은 외아들에다 집안의 종손, 장손이었다. 위로 딸 셋을 낳고 아들을 낳았다고 했다. 얼마나 애지중지 키웠겠는가. 고인의 아내와 부모님 등 셋이서 임종을 지켜보았단다. 상가에 들렀다. 사정 때문에 4일장을 치른다고 했다. 아버지와 어머니는 아들의 빈소를 내내 지켰다. 이승에서의 끈을 놓지 않으려는 것 같았다. 그럼에도 아들은 부모의 곁을 영영 떠났다.

빈소는 썰렁했다. 고인이 임종하기 전날 휴대폰이 고장 나 수리를 맡겼는데 전화번호 복구가 안 됐단다. 그러다보니 누구에게도 연락을 할 수 없었던 것. 가족끼리 상을 치를 수밖에 없었다. 참상(慘喪)이라서 거의 연락을 하지 않았다고 했다. 바로 문상을 하고 나오려고 했으나 발길이 떨어지지 않았다. 그래서 자정쯤 나왔다. 고인의 명복을 빈다.

150
처남의 죽음

친구가 슬픈 소식을 전해왔다. 췌장암으로 투병 중인 처남이 숨을 거뒀다고 했다. 고인은 40대 중반이다. 남의 일 같지 않다. 암이 야속하기도 하다. 발병 사실을 안 지 채 석 달이 안 된다고 했다. 예후가 좋지 않은 암이라는 것은 들었지만 그렇게 빨리 갈 줄은 몰랐다. 물론 고인을 본 적은 없다. 하지만 친구 부부와 고인의 여동생인 친구 처제를 잘 아는 까닭에 문상을 갈 생각이다.

생과 사는 순간이다. 나도 언제 죽을지 모른다. 살아 있을 때 잘 해야 한다. 선행은 하지 못하더라도 나쁜 짓은 하지 말라는 얘기다. 그럼에도 순수하지 못한 사람들이 적지 않다. 자기 잇속만 챙기려고 한다. 남은 안중에 없다. 그런데 세상은 공평하지 못한 것 같다. 오히려 착한 사람들이 빨리 세상을 떠나기도 한다. 그렇다고 하느님을 원망할 수도 없다. 팔자려니 생각해야 한다. 죽음은 그대로 받아들여야 한다는 얘기다.

'오풍연에게 내일은 없다. 오늘 열심히 살면 내일이 있다고 믿기에 오늘만큼은 최선을 다한다. 근심도, 걱정도 없다. 죽음도 두려워하지 않는다. 나쁜 소리는 듣기도, 하기도 싫어한다. 그저 매사를 긍정으로 받아들인다. 긍정은 부정을 이길 수 있다는 믿음 때문이다.' 『사람풍경 세상풍경』의 지은이를 소개하는 대목이다. 내가 살아가는 방식이기도 하다.

4
글쓰기는 살아있다는 증거

151 인사, 때를 기다려라

인사가 만사라고 한다. 맞는 말이다. 직장인에게 인사는 거의 전부라고 할 수 있다. 인사에 초연하다고 말하는 사람들도 있는데 거짓말이다. 사람이기 때문에 그럴 수 없다. 승진이 있는가 하면 좌천도 있다. 항상 승승장구할 수만도 없는 게 인사다. 인사는 누구에게나 관심사다. 본인은 물론 주변 사람들도 인사를 챙겨 본다. 신문 인사란이 가독성이 높은 이유다.

30년 가까이 알고 지내는 선배가 있다. 최근 인사에서 한직으로 발령났다. 임원급으로 있다가 무보직 발령을 받은 것. 마침 여의도 가까운 곳으로 왔다. 위로 차 점심을 함께 했다. 내년 말까지 1년 6개월 동안 자문역을 맡게 됐다고 했다. 자문역은 회사에 없던 자리로, 그 선배를 위해 만들었단다. 위인설관인 셈이다. 그 선배의 성격이나 능력을 잘 알고 있다. 그 흔한 골프도 하지 않는다. 회사에서 내준 승용차도 반납했을 정도다. 도덕적으론 흠결이 없다. 그래서 한 마디 건넸다. "때를 기다리세요." 인사는 또 모른다. 언제 어떻게 될지는 하느님만 알고 있기 때문이다.

나 역시 한직을 경험한 바 있다. 그래도 눈 하나 꿈쩍하지 않았다. 오히려 더 나 자신을 추슬렀다. 에세이집을 잇달아 펴낸 것도 한직에 있을 때다. 전화위복이 됐다고 할까. 인사에 실망할 필요도 없다. 때를 기다려라. 기회는 반드시 온다.

152
글쓰기는 살아있다는 증거

창밖에서 불어오는 바람이 상쾌하다. 어제 비가 온 탓인지 더욱 상큼하다. 새벽 공기는 언제 마셔도 좋다. 신선도 100% 같은 느낌이 든다. 오랜만에 제 시간에 일어났다. 새벽 3시. 감기로 한 달 가까이 고생한 뒤 생체리듬이 무너졌었다. 기상시간이 두 시간 정도 빨라진 것이다. 5시에 일어나면 왠지 지각한 것 같은 생각이 들기도 했다. 이처럼 습관은 무섭다.

커피향도 그윽하다. 눈을 뜨자마자 마시던 커피 역시 삼갔었다. 다시 마시니 달콤하다. 하루에 마시는 커피 양은 절반 정도 줄였다. 요즘은 하루 서너 잔. 예전에는 열 잔 가까이 마셨다. 담배 대신 기호품으로 즐겼던 것. 그것도 다방커피, 봉지커피만 먹었으니 몸에 좋을 리는 없다. 물을 자주 마신다. 하루에 적어도 2000cc는 먹을 게다. 물은 많이 먹을수록 좋다고 한다.

한동안 새벽 글쓰기도 중단했다. 늦게 일어났으니 그럴 수밖에. 글을 쓰는 지금 순간이 가장 즐겁다. 나에게 글쓰기는 생활 그 자체다. 하루 한두 개씩 쓴 글이 벌써 150개 이상 썼다. 원고를 4분의 3 정도 쓴 셈이다. 짧은 글 200개 안팎이면 한 권의 책으로 펴낼 수 있다. 이번에는 책이 언제 나올지 모른다. 책을 내는 것과 별개로 글쓰기는 기쁨 그 자체다. 왜냐하면 내가 살아있다는 증거이기 때문이다. 글은 생명력을 준다.

153
그는 聖者다

페친인 월드 원 김음강 회장이 초청장을 보내왔다. 7월 6일 오후 3시 30분 서울 종로5가 기독교회관 2층에서 출판기념회를 한다는 것. 책 제목은 『신명 나와라, 뚝딱』. 김 회장의 자서전이다. 선약이 있어 참석할 수 없는 게 아쉽다. 지방에 내려가는 일이 생겼다. 책 출간 문제로 그와 메시지를 주고받은 적도 있다. 이번 책은 어렵사리 햇빛을 보게 됐다. 출판사 선정 과정에서부터 난관이 적지 않았던 것 같다. 어쨌든 출간을 진심으로 축하한다.

김 회장을 한 번 만난 적이 있다. 그가 회사로 직접 찾아왔었다. 휠체어를 탄 채였다. 깜짝 놀랐다. 앞서 전화 통화를 했는데 그에게 장애가 있으리라곤 상상도 못했다. 그만큼 쾌활하고 명랑했다. 보통 사람보다 훨씬 더 낙천적이었다. 얼굴에 그렇게 씌어 있었다. 그는 '매력남'으로 모자람이 없었다. 여럿이 만났기에 깊은 대화는 나누지 못했다. 하지만 속이 깊은 사람이라는 인상을 받았다.

'제가 살아온 삶의 이야기를 통해 장애, 비장애를 떠나 많은 분들의 꿈과 희망, 나아가 신명나는 세상을 함께 만들어가고 싶었습니다.' 그의 진정성이 읽혀진다. 그는 실천을 통해 '신명나는 세상'을 만들어가고 있다. 빈민장애인을 돕는 게 그것이다. 장애인에게 구호의 손길을 뻗치고 있다. 마치 성자(聖者)다운 모습이다. 많은 사람들이 그와 뜻을 같이 했으면 하는 바람이다.

154
살과의 전쟁

물만 먹어도 살찐다고 볼멘소리를 하는 사람들이 있다. 뚱뚱한 사람들이 하는 말이다. 이를 믿어야 될까. 그렇지 않다. 물만 먹어선 살이 찔 수 없다. 다른 것을 많이 먹는다는 얘기다. 밥은 조금 먹는다고 하는 사람들도 있다. 대신 반찬 등 다른 것을 많이 먹는다. 그렇기 때문에 살이 찌는 것이다. 밥은 안 먹어도 된다. 다른 것도 적게 먹어야 몸무게를 줄일 수 있다.

여름만 되면 살을 뺀다고 난리다. 노출의 계절이기 때문이다. 그런데 쉽지 않다. 성욕보다 더 강한 게 식욕이다. 눈앞의 맛있는 음식을 보고 참기란 정말 어렵다. 감량 계획도 작심삼일. 손이 가는데 어찌하겠는가. 물론 운동을 열심히 하면 살을 뺄 수 있다. 그것도 음식을 조절해야 가능하다. 운동을 한 뒤 이것저것 먹으면 소용이 없다. 무조건 소식을 해라. 그래야 음식의 달콤한 유혹에서 벗어나 소기의 목적을 달성할 수 있다.

부모님이 정말 좋은 체질을 주셨다. 체중 걱정은 하지 않고 산다. 신문사에 입사 전 체중은 62kg이었다. 키가 180cm 정도 되니 마른 편이었다. 1987년 결혼과 함께 10kg이 불었다. 그 체중을 지금껏 유지해오고 있다. 때문에 옷도 걱정하지 않는다. 옛날 것도 그대로 입는다. 음식은 실컷 먹는다. 그래도 남들보다 적게 먹는 편이다. 조금만 먹어도 배가 부르니 더 이상 행복이 없다.

155
손춘미 씨의 아름다운 봉사

세상에는 헌신적인 분들이 많다. 남의 일도 내 일 이상으로 챙긴다. 쉽지 않은 일이기에 더욱 존경스럽다. 봉사, 희생정신이 없으면 실천하기 어렵다. 월드 원 김음강 회장의 출판기념회에 참석하지 못해 아쉬웠는데 페친인 손춘미 씨가 소식을 올렸다. 손 씨는 한 번도 본 적이 없다. 하지만 몸이 불편한 김 회장을 대신해 손발이 되어준 것 같다. 대신 고마움을 전한다.

나 말고도 페친들의 찬사가 쏟아졌다. '아름다운 삶, 행복한 사람의 삶의 이야기. 얼마나 귀한 내용일지 참으로 궁금합니다. 이런 좋은 내용을 감동적인 글과 함께 소개해주신 손춘미 집사님께 감사를 드립니다. 결국 혼자 살아가는 삶이 아니라, 함께 손을 잡고 나누며 살고자 하는 작가의 마음처럼 여기에 있는 분들이 손과 마음을 잡고서 서로 격려하고 응원해주기를 기도해 봅니다.^^' '김음강 님의 수고와 땀과 아픔과 눈물, 그 길고 긴 인고의 시간에 박수를 보냅니다.'김 회장의 육성이 전해진다. '응원과 축하해주신 모든 분들과 열정적으로 도움을 주시는 손춘미 누나! 진심으로 감사합니다.'

세상은 이렇게 아름답다. 아무리 찌들었다 하더라도 나눔, 베풂의 정이 있다. 그렇기에 세상은 살 만하다. 절대로 포기해서는 안 된다. 김 회장은 그것을 실천한 사람이다. 거듭 축하하면서 인간승리에 박수를 보낸다.

156
지방 독자를 만나기 위한 나들이

"형님, 광주의 ○○이 입니다. 잘 지내셨죠. 광주에 한번 내려오실 수 있나요? 형님께 소개해 드릴 분들도 있고요." 『천천히 걷는 자의 행복』을 통해 알게 된 광주의 한 독자가 전화를 했다. 몇 번 통화를 한 적이 있다. 그분과는 직접 만나지 않았지만 호형호제를 하기로 했다. 내가 세 살 위다. 광주에 동생이 생긴 셈이다.

초청에 마다하지 않는 나다. 하지만 이유를 알고 내려가야 되지 않겠는가. "이번 금요일은 쉬는데 회사에서 산행을 가기로 했고, 토요일은 시간을 낼 수 있네. 무슨 일이 있나?" 광주 로터리 클럽 간부들을 소개시켜 준단다. 그분들에게 이미 내 얘기를 했다고 했다. 책도 30권을 주문하겠다고 했다. 내려와서 사인만 해달란다. 보통 정성으론 어려운 일이다. 작가는 독자를 항상 목말라하기 때문이다.

KTX 를 끊으면서 실수를 연발했다. 서울에서 광주를 찾으니 나오지 않았다. 환승하란다. 이상하다 싶어 서울-송정을 찾았다. 역시 안 나왔다. 호남선은 용산에서 출발하는데, 착각했던 것. 토요일 8시 20분 표를 끊었다. 광주송정에는 11시 2분 도착이었다. 그 동생이 나오기로 했다. 광주 분들과 점심을 함께 할 계획이다. 지방 독자를 만나기 위한 나들이는 이번이 처음이다. 벌써부터 설렌다.

157
나이 50도 "애기"

나이를 먹는 게 무섭다. 세월이 왜 이렇게 빨리 가는지 모르겠다. 붙잡으려 해야 잡을 수도 없다. 그냥 받아들여야 한다. 나이 먹는 것을 서러워하지 말라. 누구는 나이를 속도에 비교했다. '40대는 40km, 50대는 50km, 60대는 60km, 70대는 70km' 식이다. 나이를 먹을수록 더 시간이 빨리 가는 것처럼 느껴진다는 얘기일 터. 나도 어느 덧 50대 중반. 적지 않은 나이다.

얼마 전 한 형님이 회사에 찾아오셨다. 그분은 46년생. 68세다. 나보고 흰 머리와 흰 눈썹이 많다고 말했다. 내가 농담을 건넸다. "형님, 나도 연세가 있는데……." 그분이 말을 받았다. "너는 애기야." 나이 50에 '애기'라는 소리를 들어봤다. 모든 사람들이 자기 기준으로 나이를 생각한다. 90대 노모가 70대 자식을 애기라고 하는 것과 다를 바 없다. 나이를 먹든, 안 먹든 마음만큼은 영원한 청춘이다. 모든 사람들이 그렇게 느낀다.

지난해 서울신문 사장에 도전했다가 실패한 뒤 여러 사람으로부터 위로의 말을 들었다. "오 국장은 아직 나이도 있고, 또 기회가 있을 테니까 너무 상심하지 말게." 쉰세 살 때다. 나에게 듣기 좋으라고 한 말임에 틀림없다. 내가 1986년 서울신문에 입사한 뒤에도 50대 초반 사장은 없었다. 사장이 되었더라면 기록을 깰 만했다. 나의 도전은 지금도 진행형이다.

158
기계치 벗어나야 하는데

나는 정말 기계치다. 관심도 없고, 배우려고도 하지 않는다. 그러다보니 새로운 기계가 나오면 싫다. 새로운 기계가 안 나왔으면 하는 게 솔직한 심정이다. 휴대폰만 해도 그렇다. 이전에 쓰던 것도 아무런 불편이 없었는데 해마다 새로운 것이 나온다. 아니 몇 개월 단위로 나온다고 보는 게 옳을 것 같다. 새 종이 나오면 그것을 배워야 한다. 바꾸고, 배우는 것을 꺼려한다. 지금 이대로도 좋은데 할 수 없이 남을 따라간다.

페이스북도 마찬가지. 여러 가지 기능이 있는 것 같은데 아직 잘 모른다. 알려고 하지 않기 때문이다. 회사 컴퓨터는 속도가 굉장히 느렸었다. 그래도 불평 없이 썼다. 그러던 컴퓨터가 아예 작동을 멈춰버렸다. 큰일이 아닐 수 없었다. 따로 원고를 쓰지 않아 자칫 원고를 모두 날려버릴 뻔했다. 회사 컴퓨터 담당자를 불렀다. 새로 크롬을 깔아줬다. 그랬더니 금방 화면이 뜨고 이전보다 속도가 훨씬 빨라졌다. 그래서 이 글도 쓰고 있는 것이다.

집에서는 아들 녀석에게 핀잔을 듣는다. “아빠는 왜 배우려고 하지 않아요. 나 장가가면 어떻게 할 거에요?” 인터넷 작업을 할 때마다 귀찮게 하니까 볼멘소리를 한다. 겨우 한글 워드프로세스 정도밖에 모른다. 모르면 배우는 것이 정석이다. 아들놈을 독선생으로 모시고 과외를 받아야 할 판이다. 그게 가능할까.

159
페이스북 영리 목적은 안 된다

좀처럼 화를 내거나 언짢아하지 않는 편이다. 2011년 1월 『여자의 속마음』 저자로 한경와우텔레비전에 출연한 적이 있다. 당시 프로그램의 제목은 〈스타북스〉. 한 시간짜리 대담 프로였다. 지금도 그 프로그램이 있는지는 모르겠다. 진행자가 나에게 물었다. "책을 보면 지금까지 한 번도 화를 내본 적이 없다고 했는데 맞습니까?" 나는 주저 없이 "예, 맞습니다"라고 대답했다.

사람인데 어떻게 그럴 수 있느냐고 반문할 게다. 속으로 삭이면 못할 것도 없다. 화는 순간적인 충동 때문에 내게 된다. 그 순간을 참으면 되는 것이다. 화를 낸 사람도 얼마 동안 시간이 지나면 그것을 후회한다. '내가 왜 화를 냈지. 참을 걸.' 그러나 정신과 의사들은 이에 동의하지 않는다. 화를 참으면 마음의 병이 된단다. 화가 나면 참지 말고 화를 내라는 논리다. 나 같은 사람이 의사가 되면 어땠을까. '돌팔이' 취급을 받았을 것이다.

페이스북에서 조금 언짢은 일을 겪었다. 영리목적으로 이용하는 경우를 봤다. 그래서 아무 말 없이 빠져나왔다. "네. 인연에 감사드립니다. 건승을 빕니다." 더 이상 주고받을 말이 없었다. 한 지인의 말이 생각났다. 페이스북에서 상처를 입고 떠난 사람이 있다고 했다. '설마, 그럴 리가' 하고 반신반의했다. 거듭 강조하지만 페이스북은 '소통의 장'이 되어야 한다. 명심하자.

160 해후

대학 친구를 근 30년 만에 만났다. 최근에야 연락이 닿았다. 입학 당시 인문계열은 총 110명. 사회, 심리, 철학, 사학 네 개 과가 있었다. 대부분 사회학과와 사학과를 지망했다. 철학과나 심리학과에 비해 취업이 잘 됐기 때문이다. 난 철학과를 선택했다. 전체 지원자는 여덟 명에 불과했다. 그 친구는 사회학과를 나왔다.

친구는 정확하게 도착했다. 일산에 살고 있는데 회사로 찾아왔다. 어려운 걸음을 했던 것이다. 여러 얘기를 들었다. 주로 동기들 소식이었다. 학생 수가 많지 않다보니 모두 친하게 지냈다. 한 명 한 명 얼굴들이 떠올랐다. 현직을 떠난 친구들이 의외로 많았다. 우리 나이가 벌써 그렇게 됐나 묻고 싶을 정도였다. 특히 금융계나 광고 회사로 간 친구들은 거의 퇴사한 상태였다. 아직 신문사에 몸담고 있는 내가 행운아라는 생각이 들었다.

대학 시절이 그리웠다. 문과대학은 재수생, 삼수생이 많았다. 바로 들어온 현역이 오히려 드물었다. 나도 재수를 했다. 오늘 만난 친구는 삼수생. 때문인지 아주 가까웠다. 그런데 졸업을 하면서 뿔뿔이 흩어졌다. 은퇴를 하고 만난 격이 됐다. 세월이 이처럼 빠르다. 다른 동기의 연락처도 받았다. 이제부터라도 자주 만나야 되겠다. 조만간 저녁 때 만나 회포를 풀기로 했다. 돈으로 살 수 없는 게 또한 벗이다.

장다리물떼새 ©김연수

161
“착하게 삽시다.”

나는 무신론자다. 따라서 종교에 대한 편견이 없다. 불교든, 기독교든, 천주교든, 이슬람교든 성직자나 신도들을 존경한다. 내가 안 믿는다고 타 종교를 배척해서는 안 된다. 그런데 종교인들끼리 서로 이단시하는 경우를 본다. 아주 잘못된 행위다. 남의 신앙을 존중하는 자세가 필요하다고 할까. 나와 남은 다르지 않다.

‘기자님 글은 사회 초년생인 제게 너무 큰 힘이 됩니다!!!!! 가끔은 너무 신기합니다. 이 분은 산에서 내려오셨나?? 어떤 스님과 수행하셨을까??? 그리고 저를 다잡게 되고, 저를 반성하게 됩니다. 감사합니다.^^’ 한 페친이 메시지를 보내왔다. 내 책을 읽으면서 느끼는 바란다. 과찬이 아닐 수 없다. 나도 보통사람이다. 답장을 보냈다. ‘무슨 말씀을요. 만약 스님이 됐더라면 하산을 안 했겠지요. 종교는 없어도 착하게 살려고 노력합니다.’ 그 페친 말고도 다른 사람에게서 같은 말을 종종 듣는다. 내가 조금은 바보 같아서 그럴 게다.

이력서를 쓰다보면 좌우명을 적시하라고 한다. 모두 좋은 말을 쓴다. 근면, 성실, 정직 등. 내가 꼭 쓰는 말이 있다. ‘착하게 살자.’ 학생들에게도 이를 특별히 강조한다. 착한 사람은 근면, 성실, 정직하기 때문이다. 착한 사람이 되려면 바보 같다는 얘기를 들어야 한다. 내가 바보를 자처하는 이유이기도 하다.

162
착한 아나운서

여자 아나운서는 방송국의 꽃이다. 우선 예쁘다. 영화배우나 탤런트 빰친다. 외모를 중시하는 경향은 어쩔 수 없는가 보다. 방송국 간 경쟁도 한몫 거들었을 게 분명하다. 요즘은 예능감도 뛰어난 팔방미인들이 많다. 팬클럽이 생기는 등 인기 연예인 못지않다. 그래서 프리랜서를 선언하기도 한다.

한 방송국 아나운서로 있는 지인을 만났다. 2006년 그의 결혼식에 다녀온 뒤로는 한 번도 만나지 못했다. 7년 만에 만난 셈이다. 그도 이제 13년차 아나운서다. 그는 아나운서에 대한 나의 선입관을 모두 바꿔줬다. 화려하지도 않고 소탈하다. 보통 사람과 다를 바 없다는 얘기다. 시골 출신이어서 그런지도 모르겠다. 전남 여수가 고향이다. 명문가 출신답게 예의가 무척 바르다. 꼭 양반집 규수 같다.

미국 연수 얘기를 들었다. 뉴욕 맨해튼에 홀로 있었단다. 미국인 가정집에서 1년을 보냈다고 했다. 집주인은 60대 부부. 부인은 초등학교 교사, 남편은 사진작가여서 귀중한 경험을 했다고 털어놨다. 무엇보다 노년의 여유로움을 느꼈다고 했다. 산 경험이 됐을 터다. 미국은 물론 캐나다, 중남미 여행담도 들려줬다. 눈으로 직접 보고 경험하는 것이 중요하다. 그것들은 돈으로 살 수 없기 때문이다. 또 다시 만나기로 하고 헤어졌다.

163
애국의 길은 많다

오랜만에 대학 선배로부터 연락이 왔다. 가끔 보는 사이인데 한참 못 만났다. 부부끼리도 만나온 사이다. 무소식이 희소식이라고, 선배에겐 별일이 없었다. 사업과 정치를 병행하다 정치는 완전히 손을 뗐다. 1998년 한나라당 출입할 때 처음 만났으니 제법 오래된 셈이다. 나도, 그 선배도 이젠 나이를 먹었다. 30대 후반에 만나 50대 중반이 된 것이다.

선배에겐 남이 가지지 못한 여유가 있다. 재력이 있기 때문이다. 나이 들어서 돈은 곧 여유로 통하기도 한다. 돈을 벌어야 하는 이유다. 딸 둘에 아들 하나를 두었다. 최근 가족 여행지를 쭉 얘기했다. 일본, 홍콩, 마카오, 제주 등 국내외를 주로 돌아다녔다고 했다. 여행을 싫어하는 사람은 없다. 가고 싶어도 못 가는 사람이 많다. 선배 왈 "정치 다 필요 없어. 당신도 정치 안 한 게 천만다행이야." 정치혐오론자가 다 되어 있었다.

나 역시 정치에 관심이 없다. 정치부 기자 10년, 정치담당 논설위원을 오래 하고 있지만 정치는 나의 영역이 아니다. 직업으로서 정치 분야를 맡고 있을 뿐이다. 물론 정치권으로부터 입당을 권유받은 적도 있다. 그러나 감사한 마음만 전달했다. 지금도 잘한 선택으로 여기고 있다. 나라에 봉사할 길은 얼마든지 있다. 현재 맡은 위치에서 최선을 다하면 그게 바로 애국이다.

164
버릇

무서운 게 버릇이다. 한 번 잘못 들여진 버릇은 평생 간다. 세 살 버릇 여든 간다고 하지 않던가. 따라서 어릴 때부터 교육을 잘 시키고, 받을 필요가 있다. 버릇은 자기도 모르게 나온다. 아무리 조심한다고 해도 불쑥 튀어 나오기 마련이다. 가장 큰 욕은 버릇, 버르장머리 없다는 얘기를 듣는 것이다. 당사자뿐만 아니라 부모까지도 함께 욕을 먹는다.

나도 조심을 많이 한다. 그런데 실수를 한 적이 있다. 청와대 출입 기자 이후의 일들이다. 청와대 대표 간사는 항상 대통령 맞은 편, 또는 옆자리에 앉는다. 간사 자리만 고정돼 있다. 다른 수석, 장관 등과 자리를 할 때도 똑같다. 간사는 기자단을 대표하기 때문에 그렇다. 청와대를 나와 고교 언론 동문회에 나간 적이 있다. 나도 모르게 점심을 내는 대선배 맞은편에 앉아 있는 게 아닌가. 화들짝 놀라 자리를 옮겼다. 서열로 따지면 맨 끝자리 정도에 앉을 군번이었다. 다른 선배들이 눈치를 챘는지는 모르겠다.

이처럼 버릇은 무섭다. 몸에 배면 고치기도 어렵다. 부단히 노력해야 '버릇없다'는 소리를 듣지 않는다. 아들 녀석은 다행히 예절이 바르다. 어디를 가든 귀여움을 받는 편이다. 장모님 친구들도 친 손주처럼 예뻐해 주신다. 자식은 부모를 닮는다고 한다. 나부터 잘 할 필요가 있다.

165
피는 물보다 진한데

부모와 자식, 형제간에는 촌수가 따로 없다. 엄밀히 따지면 1촌쯤 될까. 그러나 1, 2촌은 얘기하지 않는다. 보통 3촌부터 8촌까지를 친족 개념에 넣는다. 짝수는 같은 항렬, 홀수는 나보다 위 또는 아래 항렬을 말한다. 큰아버지나 작은아버지는 3촌이다. 아래 항렬인 친조카도 3촌에 해당한다. 이 같은 촌수개념도 점차 무너지고 있다. 시대가 변해서일까. 형제끼리도 자주 만나지 않는 경우가 많다.

부모님 품에 있을 때만 형제다. 출가하면 거의 남남이 된다. 아내, 자식 등 딸린 식구가 있기 때문이다. 나부터 벌어먹기 힘드니까 형제들을 돌볼 수 없다. 나이 드신 부모님을 모시는 문제를 놓고 형제들끼리 싸우기도 한다. 물론 서로 안 모시려고 한다. 부모도 자식과 함께 산다는 생각을 버려야 한다. 그래야 덜 섭섭할 수 있다. 이제 부모는 부모대로, 자식은 자식대로 살 수밖에 없다. 내가 주례사에서 본가든, 처가든 어른들을 모시고 살면 좋다고 하는 얘기도 이론상 그럴지 모른다.

우리 형제는 3남 2녀. 모두 자리를 함께 하는 경우는 1년에 두 번이다. 아버지, 어머니 제사 때다. 아들 형제는 추석, 설 때도 만나니까 네 번 만나는 셈이다. 떨어져 살다보니까 만나는 게 쉽지는 않다. 대신 전화는 자주 한다. 분명 피는 물보다 진하다.

166
자식 자랑, 팔불출이라고 하는데

자식 자랑은 팔불출이라고 해도 솔직히 부럽다. 자식이 잘 되면 부모의 주가도 덩달아 올라간다. 부모들이 자식에게 올인하는 이유일 터. 때문인지 아파트 값도 학군과 비례한다. 같은 강남이라도 천양지차. 좋은 고등학교를 끼고 있으면 훨씬 더 받는다. 전셋값만 10억에 이른다니, 보통 사람은 꿈도 못 꾼다. 그래도 우리네 부모들은 그곳을 찾는다. 맹모삼천지교가 따로 없다.

페이스북에서 지인의 소식을 들었다. 90년대 초 경제부 기자를 잠깐 할 때 만났던 친구다. 못 본 지는 20년이 훌쩍 넘었다. 미국 이민 14년차라고 했다. 뉴저지 주에 살고 있었다. 아이들 때문에 이민을 갔던 것. 그런데 결과는 대성공이었다. 큰놈은 하버드대를 나와 컨설팅 회사에 다닌다고 했다. 둘째는 한국으로 치면 특목고 9년에 다니고 있었다. 이쯤 되면 미국 이민이 성공한 셈. 그러나 한국을 그리워하고 있는 듯했다.

난 지인에 비하면 아들 녀석에게 해준 것이 거의 없다. 흔한 어학연수도 안 보냈다. 녀석은 이제 대학 졸업반. 대학 전공은 컴퓨터공학인데 식음료 회사에 들어가겠단다. 바리스타 자격증도 이미 땄다. 요즘 커피 전문점에서 아르바이트를 하고 있다. 놈을 더욱 신나게 한 것은 고모부의 약속. 든든한 재력가인 고모부가 "도와주겠다"고 했다. 놈의 꿈이 이뤄졌으면 좋겠다.

167
사기꾼과 약속

사기꾼 소리를 듣는 사람들이 많다. 고소, 고발 사건도 사기가 제일 많다. 남을 믿지 못하고, 약속을 지키지 않기 때문이다. 처음부터 사기꾼은 없다. 무슨 거래를 하든 처음에는 간이라도 빼줄 듯이 잘 한다. 환심을 얻기 위해서다. 그런 다음 약속을 차일피일 미룬다. 상대방도 한두 번은 참는다. 그러다가 계속되면 더 이상 참지 못하고 경찰서나 검찰청을 찾아간다. 법에 호소하는 것이다.

기자 생활을 오래한 까닭에 사람들을 많이 안다. 만나는 사람도 많다. 그중 물론 좋은 사람들이 훨씬 많다. 내가 인연을 중시하는 이유이기도 하다. 더러는 형사사건에 휘말린 이들도 있다. 사기꾼 소리도 듣는다. 안타깝다. 사정은 거의 엇비슷하다. 돈을 거래하다 빚어진 일이다. 꾼 돈을 제때 갚지 못해 일어난다. 약속을 지키지 않은 것이다. 나는 그들과 인연을 유지해오고 있다. 돈이 없어서 그렇지 사람 자체는 밉지 않기 때문이다.

그래서 나에겐 원칙이 있다. 무슨 거래, 계약을 하든 조건을 달지 않는다. 돈도 마찬가지. 그냥 준다는 생각으로 돈을 빌려준다. 돌려달라고 재촉하지 않는다. 주면 받고, 안 주면 그만으로 생각한다. 여유가 많지 않기에 큰돈은 빌려줄 형편이 못된다. 따라서 고민할 일도 없다. 그런 만큼 내가 '사기꾼'이라고 하는 사람도 없다. 사기꾼 소리를 듣지 않으려면 약속을 반드시 지켜야 한다.

168 시간강사의 설움

돈 벌기가 참 어렵다. 그냥 돈을 주지는 않는다. 노동의 대가로 돈을 받는다. 일을 하든, 강의를 하든, 글을 쓰든 노동을 한 만큼 급여를 받는다. 많이 주면 좋으련만 고용주, 즉 사업주는 그렇게 후하지 않다. 한 푼이라도 덜 주려고 한다. 받는 사람과는 정반대다. 특히 비정규직의 설움은 이루 말할 수가 없다.

시간강사도 대학교수라고 한다. 대외적으로는 겸임교수라는 말을 쓴다. 그런데 보수를 들여다보면 입을 다물 수 없을 정도다. 말 그대로 시간당 보수를 받는다. 4년제 대학의 평균 급여가 시간당 5만 1,000원이라고 한다. 그보다 훨씬 덜 받는 대학도 적지 않다. 그리고 방학 때는 월급이 나오지 않는다. 한 학기 당 강의는 평균 15주. 이때만 월급을 받으니 4개월치를 받는 셈이다. 일주일에 3학점짜리 한 과목을 강의할 경우 보수가 60만 원을 밑돈다는 얘기다.

신문사를 떠난 선배들도 1년 이상 강의를 하지 못했다. 스스로 그만둔 것이다. 보수가 적고, 힘들기 때문에 다른 선택이 없었다고 했다. 시간강사의 고충을 알 만했다. 그런 데 비하면 나는 호강하고 있다는 생각이 든다. 초빙교수. 방학 때도 월급을 준다. 시간 당 급여를 받는 것도 아니다. 연봉 계약을 했다. 학교 측에서 교통편까지 편의를 봐주니 최상의 대우다. 더 이상 고마울 수가 없다. 시간강사의 처우도 개선됐으면 하는 바람이다.

169
어느 독자의 초대

장거리 여행을 했다. 전라도의 한 독자가 초청해 광주에 다녀왔다. 전화 통화를 통해 목소리만 들었지 얼굴을 본 적이 없었다. 일주일 전쯤 전화가 왔다. 광주로의 초대였다. OK. 내가 사는 방식대로 흔쾌히 응했다. 11시 2분 광주 송정역에 도착했다. 대합실에서 독자에게 전화를 하니 밖에 대기하고 있었다.

그 친구는 나를 바로 알아봤다. 책에 내 사진이 있었기 때문이다. 승용차를 타고 점심 장소로 갔다. 미리 음식점을 예약해 놓았다. 하모. 뱀장어와 비슷했다. 낚시로만 잡는다고 했다. 지금부터 8월까지 제철이란다. 초복이어서 그런지 음식점은 대만원이었다. 샤브샤브와 회를 시켰다. 둘 다 맛있었다. 남자 셋, 여자 한 명, 넷이서 먹었다. 남자는 소주 각 한 병. 두 병은 소폭으로 마셨다. 나를 초대한 친구는 토끼띠라 동생으로 불렀다. 함께 한 분은 개띠, 58년생이었다. 나와 바로 말을 텄다.

올라오는 KTX는 3시 40분 광주발 용산행. 2시 40분쯤 광주역에 도착했다. 그곳에서 또 다른 독자를 만났다. 조그마한 안경점을 하는 분이다. 독실한 크리스천으로 봉사활동에도 열심이다. 내가 형님으로 모신다. 요즘도 일주일에 한 번 이상 이메일을 주고받는다. 광주에서 보니 더 반가웠다. 시간이 없다는 것은 핑계다. 형님과 아우가 있기에 세상은 더욱 살맛 난다.

170
금귀월래(金歸月來)

성공한 사람은 분명 다르다. 남이 갖지 못한 것을 갖고 있다. 부지런함은 기본이다. 게으르면 성공할 수 없다는 얘기와 다름없다. 남보다 더 일을 해야 좋은 결실을 맺는다. 그것은 진리다. 그럼에도 성공한 사람들은 겸손하다. 운이 좋았을 뿐이라고 얘기한다. 물론 운도 따라야 한다. 그러나 노력은 하지 않고 운만 바라는 사람들이 적지 않다. "나는 왜 이렇게 운이 없는 거야. 하는 일마다 되는 일이 없고." 운 탓으로 돌린다.

금귀월래(金歸月來). 금요일에 고향에 내려갔다가 월요일에 서울로 올라온다는 말이다. 잘 알고 지내는 정치인이 만든 용어다. 그는 철두철미하다. 무슨 일이 있어도 금요일은 지역구에 내려간다. 우리나라 끝자락이다. 서울에서 일을 보고 금요일 밤 차로 내려가는 것이다. 토, 일요일 지역구를 챙기기 위해서다. 그는 현역 정치인 가운데 나이가 가장 많다. 부지런하기로는 누구도 그를 따라오지 못한다. 그에 대한 주민들의 신뢰는 거의 절대적이다.

그 정치인은 청와대를 출입할 때 처음 만났다. 그 당시에도 부지런함은 정평이 나 있었다. 전날 저녁 아무리 술을 많이 마시더라도 이튿날 새벽같이 나와 일을 챙겼다. 특히 기자들과 사이가 좋았다. 기자들에게 맏형처럼 대해줬다. 우리와는 부부끼리도 만나고 식사를 함께 하는 사이다. 그런데 요즘은 자주 만나지 못한다. 그분이 워낙 바쁘기 때문이다. 하지만 마음만은 변함이 없다.

171
아내의 생일, 돈이 최고라네요

아내의 생일이 곧 다가온다. 나와 결혼한 뒤 스물여섯 번째 맞는 생일이다. 그동안 아내에게 특별히 해준 것이 없다. 생일 케이크 자르고, 외식하는 정도로 남편 노릇을 해왔다. 기념될 만한 선물을 한 적도 없다. 값비싼 선물을 요구하지 않는 아내가 고맙기도 하다. 만약 선물을 사달라고 조르면 안 사주기도 어려울 터. 내 주머니 사정을 헤아려서 그럴 게다.

무엇보다 안 아프고 건강하게 살아줘서 고맙다. 어지럼증이 있긴 하지만 별다른 이상이 없다고 한다. 내조만큼은 확실히 해주었다. 내가 손님을 아무리 많이 데리고 집으로 와도 싫어하는 내색을 하지 않았다. 남편이 귀가하기 전까지는 평상복 차림으로 있던 아내다. 내가 집에 들어와야 화장을 지우고, 옷을 갈아입곤 했다. 오늘날까지 별 탈 없이 직장생활을 하는 것도 아내의 덕이라고 생각한다.

이번에는 작더라도 생일 선물을 할 요량으로 물었다. "갖고 싶은 것이 있느냐"고 했다. 돈으로 달란다. 생활비로 쓰지 않고 마음껏 쓰고 싶다고 했다. 큰돈도 아니다. 수십만 원. 부담이 안 되는 액수다. 수백만 원을 요구했더라면 난처했을 텐데 다행이었다. 장모님도, 아들 녀석도 아내에게 생일선물 대신 돈을 주었단다. 돈보다 더 좋은 게 없는가보다. 그놈의 돈이 뭐길래.

172
"인재 아빠 힘이 없는 것 같아."

겉모양이 중시되는 세상이다. 내용, 즉 알맹이보다는 치장하기 위해 공을 들인다. 성형 시술이 대표적인 예다. 자리도 그렇다. 작은 회사보다는 큰 회사를 선호한다. 대기업에 들어가려고 하는 이유다. 작은 데 있으면 왠지 왜소한 느낌마저 든다. 자기는 안 그래도 남들이 그렇게 보는 것이다.

나도 종합지에서 신생 경제지로 옮긴 뒤 같은 경험을 했다. 우선 집에서도 조금은 안 됐다고 생각하는 모양이다. "자기, 예전보다 힘이 없어진 것 같애." 아내가 하는 말이다. 아들 녀석도 거든다. "아빠, 이제 아는 사람도 없지." 아내와 아들놈이 그렇다면 다른 사람도 다르지 않을 터. 20여 년 전부터 가깝게 지내는 형님이 있다. 나를 포함한 우리 가족에게 신경을 많이 써주는 분이다. 그분에게서 옷 선물도 많이 받았다. 우리 세 식구의 옷을 챙겨준다.

그 형님은 회사에 자주 찾아오신다. 여의도로 옮긴 뒤에도 여러 번 다녀가셨다. 점심을 먹다가 어렵사리 말을 꺼냈다. "인재 아빠 먼저 있을 때보다 힘이 빠진 것 같아." "아, 형님도 그렇게 생각하세요? 인재 엄마도 그럽니다." 나를 본 것이 아니라 신문사를 본 셈이다. 전통 있는 신문사에 후한 점수를 준다고 할까. 나를 더 담금질할 수밖에 없다. 그런 말을 들을수록 열심히 해야 한다는 각오가 생긴다.

173
걷기 예찬론자가 된 사연

장마가 계속되고 있다. 서울 등 중부지방은 장마가 멈추지 않는 반면 남쪽은 폭염이다. 땅덩어리가 크지 않은데도 확연히 다르다. 서울도 며칠째 비가 오는지 모르겠다. 너무 가물어도 탓, 비가 많이 와도 불편하다. 집에서는 빨래가 마르지 않는다며 불평이다. 세탁기로 빨아도 냄새가 가시지 않고 있다. 젖은 빨래 특유의 냄새가 난다.

새벽 4시에 공원으로 나갔다. 비가 조금씩 내려 우산도 챙겼다. 이른 새벽인데도 아주머니 한 분이 걷고 있었다. 10여 분쯤 지나니까 대여섯 분이 나왔다. 아침마다 거의 뵙는 분들이다. 60~70대 할머니들이 대부분이다. 운동을 매일 해서 그런지 얼굴들이 맑다. 운동이 삶의 활력소임에 틀림없다. 나는 빠른 걸음으로 걷는다. 3km 걷는 데 25분 걸린다. 오늘은 4.5km를 걸었다. 땀도 제법 난다. 5시 전후로 샤워를 한다. 그 상쾌한 기분은 무엇에 견줄 수 없다.

운동은 중독돼도 나쁘지 않다. 특히 걷기는 다칠 염려도 없다. 장운동에도 좋은 것 같다. 걷기를 계속한 뒤로 대변을 시원하게 본다. 변의 색깔도 좋다. 식도염이 있었는데 약도 끊었다. 일석이조다. 운동도 처음 시작이 어렵다. 망설이지 말고 걷기 운동을 시작하라.

174
아고라와 페이스북

아고라도 페이스북 못지않은 친구다. 둘 다 소통의 장으로 부족함이 없다. 한 가지 다른 점이 있다면 실명 여부. 아고라는 익명성이 보장된다. 실명 대신 닉네임을 쓴다. 다시 말해 필명을 사용하는 것이다. 사용자는 페이스북보다 훨씬 많을 것이다. 사회적 이슈에 대단한 영향력을 발휘하기도 한다.

나는 주로 아고라 이야기에 글을 올린다. 수다, 감동, 고민, 억울 방이 있다. 가끔 〈오늘의 이야기〉에 선정되면 수만 명이 읽고, 댓글 또한 수백 개 달리기도 한다. 다양한 의견들이 쏟아진다. 인신공격도 당한다. '참 재미없는 글, 정형화된 글, 창의적인 맛도 없고, 정답의 일반 예를 나열하는 것은 더 이상 글이 아닙니다. 찌라시보다 조금 낫다라고랄 밖에. 매번 지적해도 똑같은 모습에 이젠 불쌍하다고, 그냥 그렇게 살으라고.' 그분도 보통 정성이 아니다. 내 글을 읽어주기 때문이다.

〈오늘의 이야기〉는 아고라 운영진이 선정한다. 글을 올린 사람이 부탁하는 것도 아니다. '제 글은 짧습니다. 원고지 3.2장 정도의 분량입니다. 손바닥만 한 크기, 掌篇에세이라고 할까요. 모든 글이 똑같은 형태입니다. 거창한 얘기도 아닙니다. 제 주변의 삶을 노래하고 있습니다. 아고라 측에도 감사를 드립니다.' 그래도 아고라는 순기능이 훨씬 많다고 생각한다.

175
동갑내기 여장부

그와 나는 동갑내기다. 청와대 출입 시절 인연이 닿았지만 지금까지 만남을 이어오고 있다. 물론 그때나 지금이나 조금도 변함이 없다. 그는 동심을 지녔다. 마음씨가 너무나 곱다. 소녀티는 여전하다. 수줍음도 곧잘 탄다. 이는 외면적 모습. 내면을 들여다보면 그렇지 않다. 속이 꽉 찼다는 표현이 어울릴 듯싶다. 허점이 보일 듯한 외모지만 단호할 땐 물러섬이 없다. 김대중 정부 마지막 청와대 대변인을 하면서도 그랬다. 억센 기자들 틈바구니 속에서도 평정심을 잃지 않았다. 그래서 DJ가 친자식처럼 아꼈는지도 모른다.

그가 가을학기부터 대학 강단에 선다. 대전 인근에 있는 4년제 대학. 3학점짜리 한 과목을 강의한다고 했다. 나머지 시간은 그냥 쉬겠단다. 학생들에겐 훌륭한 강의가 될 듯싶다. 무엇보다 그는 열정적이다. 경험도 많다. 제1야당에서 사무총장도 했다. 청와대 수석, 부처 차관, 국회의원, 선대위원장 등 이력이 화려하다.

지난 대선 때는 안철수 캠프를 지휘했다. 예상 밖의 선택이었다. 안 의원이 후보를 사퇴한 뒤 그도 정치권을 거의 떠나다시피 했다. 지금은 언론에도 등장하지 않는다. 하지만 정치권의 우량주여서 그냥 있기는 어려울 터. 그의 다음 행보가 여전히 주목되는 이유다.

176 운명적인 만남

재학생에게 복학생은 큰 어른 같았다. 3년이나 위니 형님뻘이다. 중·고등, 대학 때는 1~2년 차만 있어도 크게 느껴졌다. 3학년을 마치고 군에 갔다가 제대한 뒤 1985년 복학했다. 취직까지는 1년 남은 상태. 막막했다. 지금으로 말하면 '스펙'을 쌓아놓은 것도 없었다. 전공도 그렇고, 학점도 엉망이었다.

학교 벤치에서 지금의 아내를 처음 만났다. 당시 아내는 사학과 3학년이었다. 성격이 발랄해서 나 말고도 모든 복학생들이 좋아했다. 특히 사학과 학생들이 아내를 아꼈다. 그런데 임자는 따로 있는 법. 나와 결혼까지 하리라고는 아무도 생각하지 못했을 터. 우리는 그렇게 운명적으로 만났다. 아내가 새벽같이 나와 학교 도서관 자리도 맡아줬다. 내 도시락까지 챙겨왔다. 다행히 아내의 뒷바라지는 헛되지 않았다. 이듬해 졸업하면서 직장을 잡게 됐다.

처가에서도 나를 탐탁하게 여기지 않았다. 허우대는 멀쩡(?)한데 가진 게 너무 없다는 것. 어느 부모나 똑같다. 방송사 PD와 신문사 기자를 동시에 합격하니 조금 달라졌다. 입사 1년도 안 돼 아내와 결혼을 했다. 아내가 직장생활을 하지 못한 이유이기도 하다. 대신 아이는 누구보다 빨리 낳았다. 우리 세 식구, 장모님을 모시고 오손도손 사는 편이다. 오늘은 아내의 쉰 번째 생일. 아내의 건강과 우리 가족의 행운을 함께 빈다.

177 과유불급

요즘은 휴대폰 메시지나 카톡으로 거의 연락을 한다. 보낸 사람의 이름과 내용이 남기 때문에 보지 못했다고 할 수도 없다. 편리한 세상인 것은 분명하다. 대신 무성의한 측면도 있다. 문자만 달랑 보내놓으니 속사정은 알 수 없다. 전화를 해도 문자로 남겨달라는 메시지를 보내는 사람들이 있다. 불가피한 상황이 있으리라고 좋게 해석한다.

더러 당황스런 문자를 받는다. 일면식도 없는 사람이 문자를 보내는 경우다. 아들, 딸의 결혼식을 알리는 예가 가장 흔하다. 이는 예의에 어긋난 행동이다. 초등학교 친구와 점심을 했다. 그 친구 역시 같은 고민을 하고 있었다. 지인의 손주 돌잔치를 한다는 메시지를 받고 갈까 말까 망설였다. 가고 싶지 않은데 상대방의 성의를 무시하는 것 같다고 했다. 이 또한 초대의 범주를 벗어났다고 할 수 있다. 보통 돌잔치는 가까운 친인척과 아기 엄마, 아빠의 친구나 회사 동료들을 초대한다.

모든 것이 마찬가지다. 지나치면 아니 한 만 못하다. 과유불급이라고 했다. 상대방을 초대할 때는 신중해야 한다. 나부터 돌아볼 필요가 있다. 나는 사람 도리를 다 했는지 살펴봐야 한다. 나는 그렇지 못하면서 상대방에게 부담을 주면 안 된다. 이처럼 사람 사는 것이 쉬운 것 같으면서도 어렵다. 인생의 이치다.

178
성희롱 예방책

야한 얘기를 특히 좋아하는 사람들이 있다. 점잖게 생긴 사람이 그런 얘기를 하면 재미를 더해주는 것이 사실이다. 이른바 성적 농담이다. 그러나 도가 지나치면 성희롱이 될 수 있기에 조심해야 한다. 어떤 말이든 뱉으면 주워 담을 수 없다. 농담은 하는 사람에 따라 달라진다. 똑같은 말을 하더라도 그 강도가 다르다.

성희롱의 기준은 정해진 게 없다. 듣는 사람이 그렇게 느끼면 성희롱이 되는 것이다. 보통 회식에서 많이 일어난다. 직장 상사가 분위기를 잡는다고 야한 농담을 한다. 첫 키스를 묻는 것은 약과다. 짓궂게 첫 경험을 묻기도 한다. 섹스를 해봤느냐고 하는데 얼굴이 빨개지지 않을 여직원은 없을 것이다. 이런 경우 성희롱에 해당될 수 있다. 그래서 회식이 지옥 같다고 얘기하는 여직원들도 있다. 마치 도살장에 끌려가는 것 같은 기분이란다.

성적 농담이 지나치면 신체 접촉으로도 이어질 수 있다. 이정도 쯤이야 상대방도 괜찮아 할 거라고 생각하는 것이다. 그 판단 기준이 자기 자신이기에 문제가 있다. 일을 저지르고 뒤늦게 후회하기도 한다. 그렇다면 나는 어떤가. 어떤 농담이든 거의 할 줄 모른다. 관심도 없고, 해본 적도 없기 때문이다. 그래서 재미없는 사람이라는 얘기도 듣는다. 대신 추문에 휩싸일 염려는 없다고 생각한다. 여자와 함께 있는 자리에서는 무조건 조심하는 것이 예방책이다.

179
감동은 배려에서 나온다

사람은 자그마한 것에 감동한다. 세심한 배려가 그것이다. 상대방이 무엇을 원하는지, 그것을 헤아려 준다면 더할 나위 없이 고마운 마음을 갖게 된다. 서비스업 종사자들이 유념해야 할 대목이다. 물론 친절은 기본이다. 아무리 좋은 호텔, 식당이라 하더라도 종업원들이 불친절하면 그 다음부터 발길을 돌린다.

여의도 회사 근처에 한 호텔이 있다. 자주 갈 형편은 못 되고, 가끔 이용하는 편이다. 가기 전에 반드시 예약을 한다. 두 번째 예약을 하고 갔다. 내 이름도 대지 않았는데 나를 테이블로 안내한다. 그래서 물었다. "어떻게 저를 압니까?" 종업원이 빙긋 웃으며 대답한다. "지난번에 오셨잖아요." 내 얼굴을 기억했던 것이다. 기분이 좋았다. 이런 호텔은 다시 오고 싶은 마음이 생긴다.

대전에서 고등학교 친구가 올라와 그곳을 또 이용했다. 종업원들의 친절은 변함이 없었다. 커피도 리필해 주었다. 마침 문을 나섰는데 폭우가 쏟아졌다. 다시 들어갈 수밖에 없었다. 우산을 챙기지 않았던 것. 조금 있다가 종업원이 우산을 가지고 왔다. 대여해 준다고 했다. 또 한 번 감동을 선사했다. "감사합니다. 글의 소재도 함께 주셨네요." 우산을 받으면서 인사말을 건넸다. 우산을 돌려주기 위해서라도 들르지 않겠는가. 1등 호텔의 영업 비결이다. 바야흐로 고객 만족의 시대다.

180
오프라인 만남

그날이다. 페친끼리 만나기로 한 날이다. 한 달 전쯤 약속을 했다. 내가 먼저 페이스북에 친구 초대의 글을 올렸다. 딱 다섯 분을 모시겠다고 했다. 의아해하는 분들도 있었다. 왜 하필 다섯 명이냐고. 여섯 명만 넘어가도 대화가 분산돼 그렇게 했다. 모두 네 분이 초대에 응해주셨다. 나까지 포함하면 다섯 명이 저녁을 한다.

여자 둘에 남자 셋이다. 서로 얼굴들은 모른다. 카카오톡을 통해 인사는 나눴다. 음식점도 같이 결정했다. '식당 추천 받습니다. 한 곳은 라칸티나(이태리식당), 또 한 곳은 태진(삼겹살과 생태찌개 유명). 두 곳 모두 30년 가까이 된 저의 단골집 입니다. 폭탄주도 한 잔 했으면 합니다.' 내가 제안했다. 역시 한국 사람들. 태진으로 결정했다. 시간도 의견을 반영해 6시 30분으로 정했다.

마지막으로 어제 참석을 확인하는 메시지를 보냈다. 모두 ok. '혹시 늦으면 구박하시겠죠?' '처음 자리지만 편안한 복장으로 가서 뵙겠습니다.' 단호(?)한 나의 모습을 전해드렸다. '시간 엄수, 복장 자유.' '아~~' 한탄이 나온다. 우리의 모임은 이렇게 최종 조율했다. 한 달 동안 기다려온 만남이다. 가을쯤 또 한 차례 모임을 계획하고 있다. 대전에서도 페친들과 모임을 하잔다. 온라인도 나름 의미 있지만, 오프라인은 더욱 설레게 한다.

181 현직에서 최선을 다하자

'오 선배, 오랜만입니다. 언제부터인가 페북에서 오 선배 글을 찾아 읽는 습관이 됐습니다. 진실성이 담긴 담백한 글이기 때문이겠지요. 제가 오 선배와 같이 여의도 한나라당 당사를 출입하던 때가 벌써 10년도 넘었네요. 저는 2006년에 신문사를 그만두고 SK로 직장을 옮겨 지금까지 근무하고 있습니다. 시간 되면 얼굴 한 번 뵐 기회를 만들겠습니다. 항상 건강하십시오.'

다른 신문사에 있던 후배가 이 같은 댓글을 남겼다. 10여 년도 훨씬 지나다보니 그 친구의 얼굴도 가물가물하다. 사실 기자들끼리도 잘 만나지 못한다. 조금은 바쁘게 사는 탓이다. 출입처를 같이 나가면 몰라도 여간해서 만나기 어렵다. 나는 여러 출입처를 다니지 못했다. 사회부 검찰 출입기자로 10년, 정치부 청와대와 정당 출입기자로 10년 보내느라 기자 인맥은 사회 인맥에 비해 많지 않다.

언론사를 떠난 기자들은 대부분 기업체 홍보실로 간다. 전공을 살리기 위해서다. 40 전후로 이직하는 경우가 더러 있다. 50을 넘으면 어디에서도 환영받지 못한다. 서럽다고 할까. 기자들이 조로(早老)하는 이유이기도 하다. 내 나이 50대 중반. 나라고 예외일 수 없다. 그렇다면 현재 위치에서 최선을 다하는 것이 도리 아닐까. 조금 씁쓸해도 현실이다.

182 창작, 그리고 독자

내 글은 짧지만 100% 창작이다. 남의 책은 절대로 인용하지 않는다. 에세이집을 처음 낼 때부터 이 원칙을 지켜왔다. 그래서 컴퓨터 옆에는 국어사전만 달랑 한 개 놓여 있다. 그것이 전부다. 남의 책을 보면 베끼고 싶은 마음이 생긴다. 이른바 표절이다. 남의 떡이 더 커 보이는 법이다. 이런 유혹을 떨쳐버리기 위해 나는 창작을 고수한다.

책 보시를 많이 하는 편이다. 어차피 인세는 생각하지 않는다. 주면 받고, 안 주면 그만이다. 굳이 달라고 조르지 않는다. 책을 내는 데 더 의미를 둔다. 한 권 한 권 쌓일 때마다 만족감이 증폭된다. 나의 분신이라는 생각이 들기 때문이다. 실제로 책 속에 나의 모든 것이 고스란히 담겨 있다. 일기체 형식의 글을 쓰는 이유다. '그것도 글이냐'고 힐난하는 사람들도 있다. 자기 마음에 들지 않는다는 얘기다. 그렇다고 글을 쓰는 형식을 바꿀 생각이 당장은 없다. 짧은 글을 계속 쓸 참이다.

독자의 고마움은 이루 말할 수가 없다. 낱권으로 사서 읽어주는 분이 제일 고맙다. 찾아가서 인사를 드리고, 사례를 하고 싶은 심정이다. 책을 드려도 목차조차 읽어보지 않은 분들이 있다. 사람이기에 서운한 감정은 숨길 수 없다. 작가와 독자, 영원히 함께 하고 싶은 관계다.

183
페친과 함께 한 밤

페친들과 멋진 저녁을 했다. 세상은 참 아름답다. 벗이 있기에 더욱 살맛 난다. 모두 처음 보는 사람들. 그러나 순간이었다. 악수를 나누는 순간 바로 친구가 되었다. 6시 30분 약속을 했는데 여자 한 분이 20분 먼저 오셨다. 나는 친정인 서울신문에 들러 차를 마시고 있었다. 약속 장소는 서울신문 바로 뒤. 그래서 서둘러 식당으로 갔다.

30년 가까이 된 단골집이기에 종업원들이 나를 안내했다. 손님 한 분이 와 계신다고 했다. 페이스북에 사진이 나와 있기에 금방 알아볼 수 있었다. 명함을 주고받았다. 여자 분은 공학박사. 깜짝 놀랐다. 이어 여자 한 분이 모습을 나타냈다. 그분 역시 대단한 분이었다. 변호사. 커리어우먼답게 아직 미혼이라고 했다. 소녀티가 물씬 났다. 세 번째 모습을 나타낸 분은 기계 오퍼상. 다양한 사업을 하고 있었다. 경영학을 전공한 분이 기계를 만졌다. 마지막으로 광고회사 CEO가 왔다. 나와는 구면. 대학도 동문이다.

역시 술이 좋았다. 주거니 받거니를 거듭할수록 정이 솟아났다. 폭탄주도 몇 배 돌았다. 나는 싸이 넥타이를 매고 갔다. 오퍼상을 하는 분에게 풀어드렸다. 큰 계약할 때 꼭 매고 가라면서. 2차는 생략했다. 다음도 약속했다. 찬바람이 불면 다시 만날 계획이다. 멋진 밤의 추억이 생생하다.

두루미 ©김연수

184
사표는 신중히 던져라

정년이 60세로 연장된다. 반가운 소식이 아닐 수 없다. 그러나 60세까지 다닐 수 있다고 생각하는 사람은 드문 것 같다. 사측이 그렇게 관대할 리 없기 때문이다. 법에 규정돼 있더라도 어떤 사유든 들어 내보내려 할 것이다. 명예퇴직, 희망퇴직이 지금보다 많을 게 틀림없다. 직장인은 마지막까지 버티다 떠날 것이다.

직장을 그만두는 것이 쉽지 않다. 사표를 던지지 못하는 이유다. 실제로 회사를 그만두고 나와 새로운 직장을 잡기란 하늘의 별따기다. 나이가 들수록 더 어렵다. 기왕 회사를 나올 생각이라면 하루라도 빨리 결정하는 것이 낫다. 사표도 그렇다. 내 손으로 사표를 내는 것과 떠밀려 사표를 내는 것은 다르다. 타의에 의해 사표를 낼 경우 기분이 좋을 리 없다. 서운한 마음과 함께 조직에 대한 배신감도 들 거다. 그러나 내 손으로 사표를 내면 그런 마음이 덜하다. 나 역시 서울신문에 사표를 내고 나왔다. 25년 2개월이나 다닌 회사를 떠나는데 왜 아쉬움이 없었겠는가.

무턱대고 사표부터 던지면 낭패를 당하기 쉽다. 주변에서 말리는 까닭이기도 하다. 예행연습을 해두는 것이 좋다. 사퇴 이후의 계획을 잘 짜보라는 얘기다. 나도 사표를 내고 7개월가량 백수생활을 했다. 사정은 있었지만 힘든 시기였다. 전화위복의 계기로 생각하고 오늘도 열심히 산다.

185
눈이 호강하는 새벽

하루의 시작은 거의 똑같다. 새벽 2시 30분 전후로 기상. 커피부터 한 잔 마신다. 정신이 더욱 맑아지는 느낌이다. 습관적으로 뉴스를 챙긴다. 그 다음 글을 쓴다. 주제는, 전날 일을 떠올려 본다. 인상에 남았던 것 위주로 선택한다. 그냥 무의미하게 하루를 보내지 않기에 고민할 일은 없다.

케이블TV도 벗이다. 주로 골프 채널을 본다. 두 개의 채널이 있기에 지루하지 않다. 미국과의 시각차로 생중계를 보는 편이다. 박인비 등 우리 선수들이 우승하는 것을 대부분 챙겨봤다. 그들이 선전한 날은 나의 출근길 발걸음도 가벼워진다. 작은 애국심이랄까. 골프장은 확 트여 보는 것만으로 기분이 좋다. 산과 물, 초록이 있다. 마치 내가 필드를 도는 느낌을 갖는다. 더욱이 요즘은 거의 필드에 나가지 않는다. 골프를 치는 것 자체에 흥미를 잃었다. 가족들과 함께 하는 시간이 훨씬 즐겁다.

지금도 디오픈을 시청하고 있다. 영국이 자랑하고, 세계에서 가장 오래된 골프 대회. 코스가 어렵기로 정평이 난 골프장이다. 내로라하는 선수들도 헤맨다. 페어웨이가 좁고, 그린도 예술이다. 언더파 선수가 두세 명. 정교하지 않으면 스코어를 낼 수 없다. 항아리 벙커는 특히 위협적인 존재다. 곳곳에 혀를 내밀고 있다. 가장 어려운 것은 퍼팅. 눈이 호강하는 새벽이다.

186
9부 능선을 넘다

9부 능선을 넘었다. 당초 200개를 목표로 페이스북에 글을 올리기 시작했다. 지난 3월, 여섯 번째 에세이집 『천천히 걷는 자의 행복』을 출간한 뒤다. 아마 4월부터 글을 본격적으로 쓰기 시작했을 것이다. 하루에 한 개씩 쓰면 7개월 정도 걸리리라 생각했다. 그러나 예상보다 속도가 빨라졌다. 하루에 평균 두 개 정도 쓴 것 같다. 지금 쓰는 글이 186번째 글이다.

다른 것도 마찬가지지만 글이란 한번 펜을 놓으면 쓰기 싫어진다. 인내심이 필요하다는 얘기다. 새벽에 일어나자마자 한 개를 쓴다. 거의 의무적으로 쓰다시피 했다. 두 번째 글은 주로 오후에 썼다. 회사에서 기사를 마감하면 시간이 많이 남는다. 오후 1시에서 4시까지가 제일 한가하다. 그래서 다시 자판을 두드린다. 지인들과 점심을 먹으면서 나눈 대화가 단골 메뉴다. 사람 냄새가 물씬 나는 얘기가 많기 때문이다. 나에게는 더 없이 좋은 소재다.

무릇 처음도 중요하지만 끝이 더 중요하다. 마무리를 잘 해야 만족감을 얻을 수 있다. 글쓰기 역시 자신과의 약속이다. 시간 약속처럼 어기면 안 된다. 한번 마음먹었으면 끝을 봐야 한다. 내가 사는 방식이기도 하다. 더러 지독하다는 얘기를 듣는다. 그러나 나에게는 지극히 단순한 일이다. 평생 그렇게 살아왔다. 앞으로도 생활 방식이 바뀔 리 없다.

187
약속

사업을 정말 열심히 하는 후배가 있다. 그렇게 부지런하고 성실한 사람을 거의 본 적이 없다. 그렇다면 크게 성공하는 것이 옳다. 그러나 현실은 그렇지 못했다. 돈은 운도 따라야 버는 법인가 보다. 축산가공업을 하는데 몇 해 전 구제역을 맞았단다. 직격탄을 맞았던 것. 고기를 직접 사먹는 소비자들은 잘 모른다. 그러나 얘기를 듣고 보니 공급업자들은 그야말로 절벽이었다.

그 친구의 한 달 매출은 10억 정도 됐다고 한다. 구제역이 몰아쳐 매출은 5분의 1 수준인 월 2억으로 떨어졌다. 이쯤 되면 문을 닫지 않는 회사가 없을 터. 그래도 부도를 내지 않고 회사를 끌고 왔다. 현재는 회사 회생절차가 진행 중이다. 내가 보건대 분명히 그 후배는 재기를 하리라고 본다. 무엇보다 최선을 다하기 때문이다. 그리고 정직하다. 어려운 상황에서도 거짓말을 하지 않는다. 약속도 어기지 않는다. 따라서 상대방에게 신뢰감을 줄 수 있다.

무엇을 하든지 신뢰가 중요하다. 특히 '약속'은 어떠한 일이 있어도 지켜야 한다. 말이 행동보다 앞서면 안 된다. 말로는 무엇을 못하겠는가. 사람이 살다보면 약속을 못 지킬 때도 있다. 그러면 자초지종을 설명해주어야 한다. 아무 말도 없이 약속을 어기면 신뢰는 금이 간다. 나도 약속을 천금같이 여긴다. 내가 먼저 약속을 깨는 일은 없었던 것 같다. 이래저래 약속은 어렵다.

188
딸 같은 아들

엄마에겐 딸이 있는 게 좋다고 한다. 최고의 친구이자, 말벗이기 때문이련다. 남편은 늦게 들어오고, 아들 녀석들은 아무래도 살갑지 않다. 아들은 중학교만 들어가도 저희들끼리 놀려고 한다. 돈만 달라고 조르기 일쑤다. 또 딸이 있어야 집안 분위기가 좋다. 남편에 아들만 있으면 왠지 딱딱한 느낌이 든다. 딸은 집안의 애교덩어리다.

우리 집엔 불행(?)하게도 딸이 없다. 아들 녀석만 하나 있다. 하지만 딸이 부럽지 않다. 아들놈이 그 이상의 역할을 해주고 있어서다. 스물여섯 살인데도 엄마의 친구로 부족함이 없다. 그렇다고 마마보이는 아니다. 세심하고, 정이 많다고 할까. 주말은 엄마의 운전사 역할을 한다. 백화점도 같이 가고, 병원도 데려다준다. 내가 할 일을 대신 해주고 있는 셈이다. 쓰레기 분리수거도 놈의 몫이다. 밤늦게라도 꼭 버린다.

녀석은 참 독특하다. 아직까지 여자 친구가 없다. 아예 한 명도 만나지 않았다. 그 흔한 소개팅도 한 번 안했으니 천연기념물로 부족함이 없을 듯하다. 그래서 내가 자주 놀린다. "아빠는 엄마 만나기 전에 미팅 서너 번은 했는데 너는 총각 귀신 될 것 같다." 놈의 대답이 걸작이다. "아직 예쁜 여자를 못 만났어요." 내가 더 녀석의 여자 친구를 보고 싶다. 모든 아빠의 마음 아닐까.

189
대통령 후보와 자유인

대통령 후보와 점심을 함께 했다. 검사 출신 변호사. 깨끗한 선거를 표방했던 분이다. 이른바 정책선거(매니페스토)를 모토로 끝까지 완주했다. 그동안 시민활동도 왕성하게 했다. 요즘은 방송인으로 활동하고 있다. 한 방송국에서 오후 앵커로 시청자들과 만난다. 무려 80분간 생방송으로 진행한단다. 놀랄 만한 전업이다. 때문에 변호사 활동은 거의 못한다.

1987년 검찰에 출입할 때부터 알고 지내온 분이다. 다른 검사들이 검찰총장을 바라보고 뛴다면, 그는 다른 길을 선택했다. 특히 청소년에 관심이 많았다. 그래서 서울보호관찰소장, 청소년보호위원회 위원장도 지냈다. 부인도 유명하다. 대법관 출신에 국민권익보호위원장을 지냈다. 대선에 출마하면서 집안의 반대가 심했다고 했다. 어떤 부인이 말리지 않았겠는가.

요즘 그는 자유인이다. 승용차도 없다. 경기도 화성 봉담에서 버스, 지하철을 타고 방송국까지 온단다. 두 시간 정도 걸린다고 했다. 알아보는 사람이 많지만 개의치 않는다는 것. 대중교통 예찬론자가 되어 있었다. 승용차를 탈 때보다 많이 걸을 수 있어서 좋다고 했다. 그분에게 말씀드렸다. "형님이 이 세상에서 가장 행복합니다. 기자까지 한번 해 보시죠." 지인들과의 만남은 항상 즐겁다.

190
나잇살과 운동

나이를 들면 조금 살찌는 게 좋다. 나잇살이라고 한다. 너무 마르면 보기에도 좋지 않다. 얼굴에 주름이 많거나 볼이 움푹 팬 경우다. 없어 보인다고도 한다. 그렇다고 일부러 살을 찌울 필요는 없다. 어차피 나이를 먹으면 허리가 굵어진다. 뱃살이 생기는 것이다. 배는 나오지 않도록 관리해야 한다.

불룩이 나온 배를 '인격'이라고 자랑삼아 얘기하는 사람도 있다. 우스갯소리로 넘기기에는 심각한 사람도 더러 있다. 김대중 전 대통령도 식탐이 있었다. 일흔이 넘어 대통령이 됐는데도 이희호 여사가 잔소리를 했다고 한다. 이 여사는 배 나오는 것을 싫어했다. 그래서 DJ에게도 많이 먹지 말라고 귀에 따갑도록 애기했단다. 덕분에 DJ는 날렵한 몸을 유지했다. 누구든지 먹어서 살이 찌지, 안 먹고 찌는 사람은 없다.

식탐은 다 있다. 맛있는 음식을 싫어할 사람이 있겠는가. 나도 음식을 가리지 않는다. 무엇이든지 잘 먹는 편이다. 가끔 아내에게서 잔소리를 듣는다. "자기 배 나오면 안 돼." 다행히 배 나왔다는 소리는 들어보지 못했다. 맛있게 먹고, 운동을 꾸준히 한 결과라고 생각한다. 나이를 들면 먹는 대로 살이 찐다. 따라서 운동을 더 많이 해야 한다. 심한 운동이 아니어도 좋다. 걷는 운동이면 충분하다.

191
대안운동

오랜만에 108배를 했다. 새벽에 걸으려고 나갔더니 비가 와서 다시 집으로 들어왔다. 우산을 쓰고 걷는 것은 왠지 불편하다. 거실에서 방석을 깔고 108배를 시작했다. 30배쯤 하니까 등 뒤에서 땀이 나는 듯했다. 무릎도 조금 뻐근했다. 안 하다가 해서 그럴게다. 108배를 모두 끝내고 나니 땀이 비 오듯 했다. 걸을 때보다 훨씬 많이 났다. 운동량이 많아서 그럴 것이다.

몇 해 전부터 108배를 했다. 지인의 권유로 입문했다. 물론 걷는 날은 하지 않는다. 108배 전도사를 자처하기도 했다. "요즘도 새벽마다 108배를 합니까?" 자주 듣는 질문이다. 그동안 펴낸 에세이집에서 108배를 예찬했기 때문이다. "아니요. 요즘은 주로 걷습니다. 비가 오면 108배를 하고요." 108배는 대안운동으로 안성맞춤이다. 큰 공간도 필요 없다. 한 평 정도의 넓이만 있으면 된다. 외국에 나가면 호텔 방에서 한다.

108배도 그렇고, 걷는 운동도 끈기가 있어야 한다. 작심삼일, 작심한달로는 효과를 거둘 수 없다. 꾸준히 할 때만 효과가 배가된다. 108배도 전신운동이다. 특히 배가 나온 사람들에게 좋을 듯싶다. 무엇보다 정신건강에 좋다. 108배를 하면 잡념이 없어진다. 오로지 좋은 생각, 착한 생각만 한다. 기도를 하는 셈이다. 108배와 한번 친해보라.

192
계산의 미덕

더치페이가 일상화되고 있다. 자기가 먹은 것을 계산하는 행위다. 어찌 보면 가장 민주적이고 합리적이라고 할 수 있다. 남에게 폐를 끼치지 않기 때문이다. 요즘 아이들은 100% 더치페이를 한단다. 당연히 그렇게 하는 줄로 알고 있는 것이다. 직장인들도 거의 생활화하다시피 했다. 식당에서 각각 계산하는 것을 본다. 주머니가 가벼운 할아버지, 할머니들도 그런단다.

서로 부담을 주지 않으려면 회비를 걷는 것이 가장 좋다. 보통 모임에서는 그렇게 한다. 아무리 여유가 있어도 혼자 계산하면 얻어먹는 사람도 멋쩍다. 돌아가면서 사는 것도 하나의 방법이다. 이 경우 자기 차례는 반드시 지켜야 한다. 계산을 하면서 황당한 일을 당하기도 한다. 다른 사람이 계산할 줄 알고 왔는데 그 사람이 모른 체하는 것. 계산서가 이리저리 왔다 갔다 하기도 한다. 볼썽사납기 그지없다.

나는 솔직히 회비를 걷는 것을 싫어한다. 가급적 그런 모임엔 가지 않는다. 부담이 되지 않는 범위 내에서 내가 주로 계산을 하는 편이다. 상대방에게도 양해를 구한다. "다음에 자리를 한 번 만드세요." 여유가 있는 지인에게는 계산해줄 것을 미리 부탁하기도 한다. 그래야 참석자들이 모두 유쾌하게 즐길 수 있다. 계산도 하나의 미덕이다. 자주 낼 수만 있다면 그것도 복이다.

193
정직하게 살자

난 누구를 미워하지 않는다. 항상 좋은 점만 보려고 하고, 또 그렇게 하니까 나쁜 점은 보이지 않는다. 그런 나를 아내는 못마땅해 한다. “자기만 천사야. 나는 나쁜 사람이고.” 아내가 자주 하는 말이다. 화도 내고, 욕도 하라는 얘기다. 나에게는 쉽지 않은 일이다. 그렇게 살아오지 않았기 때문이다. 아내의 말대로 하면 어떨까. ‘사람 바뀌었다’는 얘기를 들을 것이다.

그런데 요즘 짜증나는 일이 생겼다. 업무와 관련해서다. 정치 사설을 주로 쓰고 있다. 이슈를 따라갈 수밖에 없다. 사설은 칭찬도 하지만, 비판을 더 많이 하는 편이다. 방향을 제시해주는 까닭에 그렇다. 한 전직 대통령과 대통령 후보는 정말 꼴 보기 싫다. 저런 사람들이 나라를 통치하고, 또 대통령이 되려고 했는지 물어보고 싶을 정도다. 무엇보다 둘은 정직하지 못하다. 페어플레이를 하지 않는다. 그러다보니 국민들의 공분을 산다.

역사는 정직하다. 절대로 거짓말을 하지 않는다. 영원히 사는 방법을 택해야 한다. 남과 다를 게 없다면 지도자로 볼 수 없다. 물론 사람이 겉 다르고, 속 다르다고 한다. 내가 가장 중시하는 대목도 ‘정직’이다. 어떤 일이 있어도 바르게 살자. 아들 녀석에게도 입이 닳도록 하는 말이다. 그러면 나부터 실천하는 것이 도리다. ‘정직’을 다시 되돌아보게 하는 새벽이다.

194
30년 만에 만난 대학 동기

대학 동기 둘과 저녁을 했다. 한 친구와 연락이 닿아 점심을 한 뒤 만든 약속이었다. 근 30년 만에 만났다. 시간을 절약하기 위해 내 사무실이 있는 여의도로 초대했다. 둘은 정확히 오후 6시에 왔다. 허름한 고깃집을 예약해 둔 상태였다. 처음 본 친구도 바로 얼굴을 알아볼 수 있었다. 대학 다닐 때보다 몸집이 불어 있었다.

한 친구는 증권사, 또 다른 친구는 광고회사를 다니다 조기 퇴직했다. 40대 초,중반에 회사를 떠난 것. 어떻게 사느냐가 제일 궁금했다. 다행이 사는 데는 문제가 없었다. 그러기에 조기 퇴직했을 터. 나도 둘에게 "능력만 된다면 쉬고 싶다"고 말했다. 30여 년 전으로 거슬러 올라갔다. 한 친구가 당시 있었던 일을 생생하게 기억했다. 나도 잊고 있었던 일들이 떠올랐다. 둘은 사회학과, 나는 철학과. 80년대 초반 대학생활은 정상이 아니었다. 반은 휴교였다. 데모를 방지하기 위해 그랬다.

오랜만에 만난 그들에게 말했다. "이렇게 살아 있으니까 다시 만날 수 있구나." 그러면서 포옹을 했다. 아들 녀석이 나를 항상 놀렸었다. "아빠는 왜 대학친구가 없어요?" 이제는 자랑스럽게 말할 수 있게 됐다. 그동안 바쁘다는 핑계로 못 만났던 게 사실이다. 여자 동기와도 통화를 했다. 올해 가기 전에 한 번 만나기로 했다. 돈을 주고도 살 수 없는 것이 벗이다.

195
놈놈놈

'나는 괜찮은 놈인가?' 글을 쓰면서 계속 자문하는 대목이다. 지금까지 200개 가까이 글을 써왔다. 내 삶을 노래하고, 그대로를 옮겼다고 하지만 그것은 나의 주장일 뿐이다. 행여 페친들에게 '괜찮은 놈'처럼 보이기 위해 위선을 했는지도 모른다. 독자들은 작가를 직접 보지 않는 한 글로써 판단할 수밖에 없다. 나도 그 중의 한 명 임은 분명하다.

어느 작가도, 누구도 스스로를 비하하는 사람은 없을 게다. '내 탓이오' 하는 사람도 드문 판에 못났다고 할 이가 있겠는가. 그동안 느낀 점은 있다. 사람은 나와 남이 별반 다르지 않다는 것. 내가 좋으면 남도 좋고, 내가 싫으면 남도 싫다. 역지사지하면 답이 나온다는 얘기다. 그래서 만만디가 내 삶의 방식이다. 어떠한 일이 있어도 서두르지 않는다. 좋게 말하면 '기다림의 미학'을 실천한다고 할까. 혹자는 나보고 말한다. 꼭 달관한 사람 같다고. 그 사람 역시 나의 부분만 보고 판단한 것이다. 초인이 아니고는 세상을 달관할 수 없다. 난 보통 사람이다.

페친들에게 거듭 고마움을 표시한다. 많은 분들이 관심을 보여주셨다. 그렇기에 쉼 없이 글을 쓸 수 있었다. 마무리 단계에 접어들면서 고개가 숙여진다. 200개가 완성되면 당분간 휴식을 취할 생각이다. 하지만 페친과의 소통은 멈추지 않을 생각이다.

196
논설위원 4수

논설위원들을 원로라고 한다. 물론 나이도 좀 많지만 경험 탓에 그렇게 부른다. 보통 부장을 마치고 논설위원실로 올라간다. 초임 논설위원이다. 신문사의 꽃이라는 편집국장도 다음 보직을 받지 못하면 평 논설위원이 된다. 요즘은 바뀌어서 차장급 논설위원도 있다. 물론 나도 차장급 논설위원을 한 적이 있다. 부장 마치고 두 번째, 국장 마치고 세 번째 논설위원을 했다.

논설위원실은 절간 같다. 편집국처럼 왁자지껄하지도 않다. 각자 맡은 분야 글을 쓴다. 그리고 나머지 시간은 책을 읽거나 신문을 본다. 누구의 간섭도 받지 않는다. 상대적으로 시간이 많은 편이다. 매일 사설이나 칼럼을 쓰는 것도 아니다. 종합지의 경우 보통 이틀에 한 번 정도 쓴다. 경제지는 그보다 조금 많이 쓰는 편이다. 논설위원 수가 적기 때문이다.

신문사에서는 논설위원을 한직으로 여긴다. 그래서 논설위원 발령이 나면 물 먹었다고 의기소침해하는 기자들도 있다. 하지만 밖에서는 논설위원을 대단(?)한 자리로 생각한다. 왠지 식자층으로 보여서 그럴까. 많이 알고, 글을 잘 쓴다고 생각하는 것이다. 논설위원들이 반성할 대목이다. 지금 경제지로 옮겨 네 번째 논설위원을 하고 있다. 행복하다. 내 글을 쓸 수 있다는 것은 기자에게 커다란 영광이다.

197
공군 상병의 서평

'책 겉모습을 훑어보았다. 크기는 손만 한 작은 책. 두껍지 않다. 그리고 겉표지는 펭귄 두 마리가 뒤뚱뒤뚱 천천히 바닷가를 걷는 사진으로 꾸며져 있다. 그리고 겉표지에 조그만 글씨 크기로 '나는 인연을 제일 소중하게 여긴다. 내가 무조건 상대방을 믿는 이유다. 누구 한 명 소중하지 않은 지인이 없다. 모두가 나의 큰 재산 목록이다. 모든 분들께 잘해 드리고 싶은 심정이다.' 정말 마음 따뜻한 사람이 쓴 책이란 것이 단번에 와 닿았다.'

인터넷을 검색하다가 내 책 『천천히 걷는 자의 행복』을 포스팅한 글을 발견했다. 전작 『남자의 속마음』을 포스팅해준 한 블로거에게 책을 보내드렸더니 읽고서 소감을 올린 것이다. 파워블로거를 꿈꾸는 사람이라고 자신을 소개했다. 현역 공군 상병. 짬짬이 책을 읽는 것 같았다. 그런데 솜씨가 보통 아니다. 시도 많이 읽었다고 했다. 휴가를 나오거나 제대하면 꼭 만나고 싶다. 그래서 내 전화번호도 댓글로 남겼다.

'그는 늘 사소한 것에도 감사하는 사람이며, 사람과의 관계를 매우 중요시 여기는 사람이다. 이 책을 읽으면 대인관계에도 도움이 많이 될 것이라고 생각한다. 만나는 사람마다 최선을 다해서 만나라고 그는 이야기한다. 매우 어려운 일이지만 노력해봐야겠다.' 나를 평가한 블로거의 맺음말이다.

198
철학이 별건가요

무릇 글에는 작가의 정신이 담기기 마련이다. 어떤 생각을 하고 있고, 무엇을 추구하는지 알 수 있다. 사람 됨됨이가 드러나는 것이다. 하지만 작가 자신은 잘 모른다. 나 역시 마찬가지다. 그냥 일상을 글로 옮기기에 사상이니 하면 부끄러울 따름이다. 반면 독자들은 글에 몰입하면서 작가를 연구하는 경향이 있다. 모두가 평론가인 셈이다.

한 지인에게서 메시지를 받았다. 얼마 전 점심을 함께 하면서 네 번째 에세이집인 『사람풍경 세상풍경』을 드렸다. "제 졸저이니 시간 나면 한번 읽어보세요." 진심으로 그랬다. 워낙 바쁜 분이라 차마 읽으리라곤 생각하지 않았다. 그런데 메시지는 예상 밖이었다. '이제야 답신을 보냅니다. 시간에 이렇게 쫓겨서야……. 『사람풍경 세상풍경』도 잘 읽었습니다. 언제 그렇게 철학자가 되었어요? 위선적인 논설들 말고 실천적인 의지의 사상으로……. 종교적 느낌까지도……. 감사해요. 가끔 심심할 때 연락하고 싶어요. 그때 봐요.' 고맙지 않을 수 있겠는가.

내가 생각하는 철학은 삶 자체, 바로 일상이다. 학문적 철학보다 실천적 철학을 더 중시한다. 철학을 쉽게 생각하면 된다. 하루하루 열심히 살면 철학을 실천하는 것이다. 너무 거창하게 생각할 필요도 없다. 모든 사람이 철학가이기 때문이리라.

199
반나절 문상

세상이 너무 좋아졌다. 특히 대중교통망은 세계 최고랄 수 있다. 서울의 지하철과 버스 노선은 더 이상 편리할 수가 없다. 외국의 대도시를 가 보면 알 수 있다. 너무 편리해서 모르고 있다고 할까. 감사한 마음을 가져야 한다. KTX는 전국을 하루 생활권으로 만들었다. 어디든 하루 왕복이 가능하다. 이젠 부산, 광주, 목포가 멀리 느껴지지 않는다.

지인이 상을 당했다. 상가는 대전. 일 때문에 부득이 발인하는 날 갈 수밖에 없었다. 다행이 발인 시간은 오전 11시. 아침에 서울을 출발하면 문제없을 것 같았다. 그래서 새벽 6시 30분 표를 끊었다. 대전 도착 시간은 7시 26분. 8시도 전에 장례식장에 도착했다. 상가에서 40분 정도 머물렀다. 택시를 잡아타고 서울행 표를 예약했다. 9시 8분 발. 10시 8분 서울역에 도착했다. 집에 도착하니 10시 50분. 반나절 만에 일을 다 본 것이다.

다른 일은 몰라도 상가는 꼭 찾는 것이 좋다. 시간이 없다는 것은 핑계다. 발인하는 날 새벽을 이용하면 된다. 내가 자주 쓰는 방식이다. 새벽에는 차가 밀릴 일도 없다. 보통 4시쯤 집을 출발해 4시 30분쯤 상가에 들른다. 한가한 시간이기에 상주와 얘기도 나눌 수 있다. 집에 차를 갖다놓고 출근해도 충분하다. 상가 방문은 품앗이 성격이 강하다. 나부터 빠짐없이 잘 챙겨야 한다.

200
대단원의 막을 내리던 날

이제 대단원의 막을 내리게 됐다. 당초 목표했던 짧은 글 200개를 완성했다. 처음 시작할 때는 언제 다 쓸까 막막하기도 했다. 매일 한 개씩 쓰면 200일, 두 개씩 쓰면 100일이 걸릴 것으로 예상했다. 원래 7개월을 목표로 했다. 하루 한 개씩 쓸 요량이었다. 그런데 조금씩 욕심이 생겼다. 일정을 당기고 싶은 마음이 생긴 것. 하루 두 개, 세 개 쓴 날도 있다. 새벽에 눈뜨자마자 한 개, 낮에 한두 개를 썼다. 나는 그때마다 희열을 느꼈다.

잘 알고 지내는 후배 병원장이 전화를 했다. "형님, 다음 책은 언제 나옵니까?" 사실 200개는 일곱 번째 에세이집용 원고다. 그러나 내 맘대로 책을 낼 수 없다. 출판사 측이 'OK'를 해야 비로소 나온다. 출판사 측에 원고를 넘기는 순간 모든 권한도 함께 넘어간다. 책의 제목, 출판 시기 등도 출판사 측이 정한다. 영업을 해야 하는 입장에서 출판사 측은 신중할 수밖에 없다.

새 책의 제목을 생각하면 또 설렌다. 『남자의 속마음』, 『삶이 행복한 이유』, 『여자의 속마음』, 『사람풍경 세상풍경』, 『그래도 행복해지기』, 『천천히 걷는 자의 행복』. 지금까지 나온 책의 제목이다. 이번에는 페친들의 의견을 구할 생각이다. 200개를 페이스북에 모두 올렸으니까 좋은 아이디어를 주었으면 한다. 마지막으로 고맙다는 말씀을 드린다.

도요물떼새 ©김연수